JN072165

同い年の妹と、二人一人旅

三月みどり

MF文庫J

口絵・本文イラスト●さけハラス

○プロローグ

「のぼりべつといえば！　クマぼくじょう～♪」

肌寒い秋風が吹いている中、元気よく歌っているのは小学校低学年くらいの女の子。

彼女は隣にいる俺と手を繋《つな》ぎながら、ニコニコ顔で行進している。

「さっきまで迷子で泣きわめいてたくせに、随分ご機嫌だな」

「ないてなんかないも～ん」

女の子は否定しているが、実際は家族旅行の最中、両親とはぐれてしまったみたいで、温泉街で一人《ひとり》大泣きしていた。

そこに偶然、通りかかった俺がさすがに見過ごすわけにもいかず、こうやって一緒に温泉街を歩きながら彼女の両親を探しているのだ。

女の子は最初は泣きまくっていたものの、先ほど俺が買った温泉まんじゅうを与えたらすぐに上機嫌になった。まったく子供は単純だな。

「クマぼくじょう～♪　クマぼくじょう～♪」

「なあ、さっきから歌ってるそれなんだ？」

「クマぼくじょうのおうただよ。しらないの？」

「クマ牧場が登別《のぼりべつ》の観光名所ってことは知ってるけど、その歌は全然知らない」

「えぇ！　でもおかあさんもおとうさんも、おともだちもみんなしってるよ」

女の子はびっくりしたように、小さな瞳をぱちくりさせる。

「そうなのか……もしかして君って、北海道に住んでる？」

「うん！　さっぽろにすんでるよ！　ちゃんといえてわたしえらい！」

女の子は得意げに答えたあと、鼻を鳴らした。

「ならクマ牧場の歌は北海道限定の歌っぽいな。俺、北海道に住んでないから知らんし」

「そうなんだぁ〜。ねぇねぇ、おにいちゃんはどこにすんでるの？」

「俺？　俺は東京だけど……」

「とうきょう！　〝とうきょうたわー〟とか〝すかいつりー〟とかある？」

「そりゃ東京だからあるだろ」

「すご〜い！」

瞳をキラキラと輝かせる女の子。

子供からしたら東京といえば、東京タワーやスカイツリーなのか。

「あのな、お嬢ちゃん。東京は東京タワーやスカイツリー以外にも有名な場所が沢山あってだな——」

「あっ、ママだ！」

話の途中、女の子は唐突にそう口にすると、一目散に飛び出していった。

どうやら母親を見つけたみたいだ。とりあえず一安心だけど、せっかく東京のおすすめ観光地を色々と教えてやろうと思ったのに……。

「マイちゃん！」

「ママ～」

女の子の母親は我が子を見つけると、すぐさま駆け寄りそのまま抱きしめた。

相当心配していたんだろう。良かった、良かった。

そうやって親子の感動の再会を眺めていたら、母親が女の子と何か喋《しゃべ》ったあと俺を見つけると、こちらまで近づいてきた。

「迷子になった娘を助けて下さったんですよね。ご迷惑をおかけしてすみません」

「いえいえ、クマ牧場の歌も教えてもらいましたし、楽しかったですよ」

「おにいちゃんにクマぼくじょうのおうたおしえてあげたの！　えらいでしょ！」

女の子が調子よく言うと、母親がぺこぺこと申し訳なさそうに頭を下げる。

仲良さそうな親子で何よりだ。

「じゃあ俺はこの辺で失礼しますね。旅行の途中なんで」

「本当に娘を助けて下さってありがとうございます！　ご家族やお友達を待たせてしまっ

ていたらごめんなさい」

「全然大丈夫ですよ。俺、一人《ひとり》で旅行しているんで」

「……え？」

母親は驚いた顔を見せたあと、視線を俺の頭のてっぺんから足の爪先まで移動させる。

「もしかして、大学生とか社会人の方ですか？」

「そんな大人《おとな》っぽく見えますか？　一応、高校生なんですけど……」

「そ、そうなんですね……」

母親は何故《なぜ》か困ったように笑っていた。……まあ理由はわかるけども。

きっと高校生で、一人で旅行なんて変わってるなぁとか思ってるんだろう。

「じゃあ俺はそろそろ行きますね」

「あっ、はい。その……娘を助けて下さって本当にありがとうございました！」

「おにいちゃん！　じゃあね〜」

「おう、じゃあな」

女の子に手を振ったあと、俺は仲良し親子から離れるように歩き出した。

少し時間を使ってしまったが、事前に決めていた完璧な旅行プランに影響はない。

さて、これから登別《のぼりべつ》で一番の観光名所にでも行くとするか。

今年、高校一年生になった俺――月島海人《つきしまかいと》は、土日を利用して北海道の登別市に旅行に来ている。

それで登別で一番の観光名所っていうのは――。

「すっげぇ……」

温泉街から移動すること約十分。目的地――登別地獄谷に着いた俺は、目の前に広がる素晴らしい景色《けしき》に只々《ただただ》感動していた。

どっしりそびえ立つ大きな山には、茜色《あかねいろ》に染まった美しい紅葉が広がっている。

そのふもとにある吹き出し口からは、高温の白い湯気が激しく昇っており、名前の通り、目の前に地獄が広がっているかのような迫力があった。

また硫黄《いおう》の鼻につくような香りも、少しキツイが源泉に来たって感じで逆に興奮する。

これはマジで来てよかったな！

俺がいま眺めている登別地獄谷とは、北海道を代表する温泉地――登別温泉最大の源泉で、道内で有数の観光名所だ。

観光サイト曰《いわ》く、年中観光客が来るみたいだが、おすすめの時期は今日みたいに綺麗《きれい》な紅葉が見られる十月中旬から下旬らしい。

確かに周りには子供連れの家族やカップルっぽい男女、外国人など、様々な人々が訪れており観光を楽しんでいた。

「硫黄《いおう》の匂いパねぇな！」「ね！　あと景色《けしき》もいいよね！」

「あのさ、みんなで写真撮らない？」「おっ、いいね〜」「賛成、賛成〜！」

大学生くらいの男女たちが談笑をしていた。

とても楽しそうにしているが、俺からしたら複数人で旅行なんてあり得ない。

複数人で旅行をしても、行きたい場所はそれぞれ違うはずだし、観光地にいたい時間も
みんなバラバラのはず。それを全員が気を遣って予定を合わせる。

そんな旅行なんて、絶対に誰も１００％楽しむことができない。

それと比べて、一人《ひとり》は最高だ。

好きな時間に好きな場所に行けて、好きなだけ観光できる。

まさに完璧な旅行である。

ゆえに俺は一人旅が大好きで、いつも一人で旅行をしている。

当然ながら、今回の登別《のぼりべつ》観光も俺だけだ。

そんなことを考えたあと、俺は首に着けているロケットペンダントのチャームを開いた。

中には小さな写真が入っており、三十代……いや見る人によっては二十代に見えるくらい
綺麗《きれい》な女性が写っている。

「今日は登別地獄谷に来たぞ。温泉の匂い凄《すご》いしあの山とかすっげぇ綺麗だろ」

もう一度、紅葉に染められた山々を眺めながら、写真の女性に語りかけるように呟《つぶや》く。

暫《しばら》く写真の女性に美々しい景色を眺めてもらったあと、俺は静かにチャームを閉じた。

……じゃあ、俺も写真を撮るとするか。

デジカメを取り出すと、俺はカシャカシャと地獄谷の景色を写真に収めていく。

「いいね～！　この角度もいいよ～！　こりゃ最高の景色ですわ！」

写真を撮っていくうちに一人でテンションが上がっていたら、周りから変な目で見られた。特に隣で集合して写真を撮っていた大学生くらいの男女たちからは哀れむような視線を向けられた。失礼なやつらだ、こっちは本気で楽しんでいるというのに。

……まあこんなのはいつものことだから、慣れているけどな。

その後も俺は一人で地獄谷の写真を撮り続けて……よし、こんだけ撮れば十分だろ！

デジカメを操作して撮った写真を確認する。

何十枚も撮ったが、落ち着いた様子で鎮座している茜色《あかねいろ》の山々、憤っているかのように激しく湯気が立っている源泉、その二《ふた》つのコントラスト。

全てがこれ以上にないくらい美しく撮れていた。

素晴らしい！　さすが俺だな！

旅行をするたびに、満足のいく写真が撮れるまで写真を撮り続けた甲斐《かい》があった。

今度、まとまった貯金ができたら一眼レフでも買ってみようかな。

なんて思いつつ、俺はデジカメをリュックに入れる。

さてと、次は予定通り大湯沼《おおゆぬま》にでも行ってみるか！

ついでに大湯沼川の足湯も入って、その次は温泉街に戻ってお土産《みやげ》を買って、最後は絶対に登別《のぼりべつ》温泉を堪能しないと。

登別温泉は、今回の旅行の最大の目的だからな！

最低三回、いや五回は入りたい！　きっと気持ちいいぞぉ～！

今後の計画を頭の中で一通り確認したあと、俺は改めて思った。

――やっぱり一人《ひとり》旅は楽しすぎる!!


「ふぅ、疲れた」

登別地獄谷を見物してから計画通り登別観光をした後、俺は事前に予約しておいた旅館にやってきた。お楽しみにしてきた登別温泉に入る時間だ。

体はいい感じに疲労感があるし、温泉に浸《つ》かったら絶対に気持ちいい。

「いらっしゃいませ」

温泉のことばかり考えていると、仲居の女性に挨拶をされた。

艶《つや》やかな黒髪は肩口くらいまで伸びており、透き通るような瞳。

冷たい雪のように真っ白な肌。

端整な顔立ちで、身に着けている花柄の着物がとても似合っている。

一言で言い表すと、雪国の大和撫子《やまとなでしこ》という雰囲気の美少女だった。

――って、ちょっと待て。この子どう見ても俺と同じ高校生くらいだぞ。

それなのに、こんな立派な旅館で働いてるのか？

「お客様のお名前をお伺いできますか？」

「え……は、はい。今日、一名で予約してた月島《つきしま》です」

「月島様ですね。では、お宿帳にご記入をお願い致します」

美少女に言われた通り、俺は受付用のテーブルの上にあった宿帳に名前と住所を記入。

次いで、彼女が本人確認を済ませる。

「月島様、確認ができましたので、お部屋までご案内致します。お荷物はお持ちしますね」

「す、すみません。じゃあ少しだけお願いします」

旅館で大して年が変わらない女の子に接客されるなんて、少し変な気分だな。

それから俺は美少女に案内されて館内を歩いていく。

この旅館――『凪《なぎ》の家《や》』は登別市の温泉街にある旅館の一《ひと》つで、開業して１００年以上経つ老舗《しにせ》旅館だ。

宿泊料は少し高めだったが、今日のために貯《た》めておいたアルバイト代があるから全く問題なし。せっかくの登別《のぼりべつ》温泉なんだ。ちょっと高級な旅館で入ってみたい。

「それにしても随分と綺麗《きれい》な内装だな」

宿泊部屋に向かっている間、館内を観察していると、建物に使われている木材とかが新しく、特に古くなっている部分はない。開業して100年以上って聞いてたから、もっと年季が入っている感じだと思ってたけど、そうでもないらしい。

「二年前に改装工事をしたんですよ。だから老舗《しにせ》旅館みたいな感じは薄れているかもしれませんね」

「あっ、そうなんですね」

独り言を言ったつもりが、美少女にも聞こえていたみたいだ。

けれど、嫌な顔ひとつせずに答えてくれた。

俺と大して年が変わらないのに、デキた仲居さんだ。

「月島《つきしま》様は、どちらから来られたのですか？」

「東京からですね。午前中に新千歳《しんちとせ》に着いて、そこから高速バスを使ってって感じです」

「道外から来られたのですね。それは随分疲れたでしょう」

「そうですね……結構疲れました」

美少女と俺でそんなやり取りを交わす。

これは部屋に着くまでの間、彼女が気を利かせて話題を振ってくれているのだろう。

しかも、かなり手馴《てな》れている。まるでベテランの女将《おかみ》さんのようだ。

「月島様って、もしかして学生さんですか？」

会話を繰り返していると、不意に美少女がそんな質問を投げてきた。

「えっと……一応、高校一年生ですけど」

「高校一年生！　だったら私と同じですね！」

美少女が嬉《うれ》しそうな顔をこちらに向けてくる。

まじか……。こんな百戦錬磨《れんま》みたいな仲居さんが俺と同い年なのかよ。

「でも、高校生で一人《ひとり》で旅行って珍しいですね」

「まあ、そうかもしれないですね。……だけど、一人旅って割と楽しいですよ」

「もしかして、これまでも何回か一人で旅行したことってあるんですか？」

「高校に入ってからなのでそんなに多いわけじゃないですけど、もう二十回以上は一人で旅行してますね」

「二十回も!?」

美少女は唐突に足を止めると、振り返って驚いた顔を見せる。

「二十回ということは、月島様は色んなところに旅行に行かれてるということですね？」

「そ、そうですけど……」

美少女が急に近づいてきて、やたら話に食いついてくる。

い、いきなりなんだ？　俺、変なこと言ってないよな？

「なるほど。……いいこと聞いちゃったな」

「？　いいこと？」

「あっ、すみません。今のはただの独り言ですのでお気になさらず～」

おほほ、と口元に手を当てる美少女。逆に滅茶苦茶《めちゃくちゃ》気になるんだけど……。

しかしその後、美少女には特におかしな様子もなく、先ほどと同じように話していると、ようやく今晩泊まる予定の部屋に到着した。

「では、こちらが月島《つきしま》様のお部屋になります」

「どうも」

部屋の前で俺は美少女からルームキーを受け取る。

「お夕食のお時間になりましたら、お部屋にお食事を持ってきますので、それまでゆっくりとおくつろぎください」

深くお辞儀をすると、美少女は来た道を戻っていった。

急接近された時以外は、文句の付けようがない仲居さんだったな。

逆にあれが一体何だったのか気になるけど……。

「まあそんなことより、ひとまず温泉だな！」

待ちに待った登別《のぼりべつ》温泉を楽しむ時間だ！

今日の晩に三回、明日の朝に二回！　これで五回、温泉を堪能できるな！

風呂の種類は六種類くらいあるらしいけど、全種類の風呂に五回浸《つ》かってやるぞ！

俺の一人旅《ひとりたび》はまだまだ終わらないぜ!!


美少女と別れた後、俺は部屋に用意されていた作務衣《さむえ》に着替えたのち登別温泉を満喫した。泉質の違う温泉が豊富にあり、それぞれ効能も異なるため、予定通り全ての温泉にたっぷりと浸かった。

おかげで少しのぼせ気味になったが、心なしか旅の疲れがだいぶ取れた気がする。

温泉に入った後はすぐに夕食の時間になり、先ほど伝えられた通り美少女が部屋まで食事を持ってきてくれた。それらを全てたいらげると、俺は大の字になって寝転がる。

「ふぅ～美味《うま》かったぁ」

さすが１００年以上続いている老舗《しにせ》旅館。料理も一級品だった。ちなみに宿泊部屋は和室で床は畳になっているので、寝転ぶとい草の匂いがして超気持ちいい。

さてさて、ここからもう一回温泉にでも入ってくるかな。

俺はゆっくりと起き上がると、ふと首に違和感を覚える。

なんかほんの少しだけ軽いような……。

そう思って手を当ててみると、

「……ない」

旅行が始まってからずっと持ち歩いていたロケットペンダントがなかった。

……お、おいおい、まじかよ。洒落《しゃれ》になってないぞ。

お、落ち着け、俺！　まずは部屋の中を探さないと！

すぐに俺は部屋の隅々まで探し、リュックや財布の中までとにかく探しまくった。

——が、残念なことにロケットペンダントは見つからない。

「……嘘《うそ》だろ」

俺は両膝をついて、頭を抱える。

どこで落としたんだ？　もしかして大浴場か？

こうならないために常に身に着けていたのに、それがかえって裏目に出てしまった。

もう二回目の温泉を楽しむなんて言ってる場合じゃない。

それくらい、俺にとってあのペンダントは大切な物なんだ。

……すると、コンコンと部屋の扉がノックされる。

「月島《つきしま》様、いらっしゃいますでしょうか？」

声の主は、あの美少女だった。

俺が返事をすると、彼女はもし夕食が済んでいたら食器を下げてくれる旨《むね》を伝えてきた。

こっちは正直それどころじゃないが、食事は終わっているし追い返すのも申し訳ないのでお願いすると、美少女はマスターキーを使って部屋の中に入ってくる。

「失礼します」

美少女は丁寧に頭を下げたのち、手際よく空いた器をお盆にのせて片付けていく。

さっきは少し変なところもあったけど、やはりデキた仲居さんだ。

……って、そんなこと考えてる場合じゃない。彼女が出ていったらロケットペンダントがないか大浴場に探しに行ってみるか。

「あっ、月島様。もしかしてこちらは月島様の持ち物でしょうか？」

片付けが終わった後、美少女は思い出したかのように何かを差し出してきた。

そうして彼女が見せてきたものは、なんと俺のロケットペンダントだった！

「俺のです！　ありがとうございます！」

「やはりそうでしたか。こちらに来る道中に落ちていまして、ひょっとして月島様が身に着けていた物ではないかと思っていたんです」

「そ、そうだったんですか。……でも、よくこれが俺のって覚えていましたね」

「このような時のために、お客様の身に着けている物や持ち物は全て把握しております」

ニコリと上品に笑う美少女。な、なんて素晴らしい仲居さんだ！

その後、俺は一応、チャームを開いて中身を確認する。

中には二十代くらいに見える女性の写真。確実に俺のロケットペンダントだ。

「良かった……」

心の底から安堵《あんど》していると、ふと傍《かたわ》らで美少女がじーっと写真を眺めていることに気づく。

「どうかしました?」

「っ! す、すみません。とても綺麗《きれい》な女性だなと思いまして……お姉様《ねえさま》ですか?」

「えっと……その、実は母なんです」

「お母様《かあさま》ですか? 随分とお若いんですね」

美少女が信じられないように目を丸くする。彼女の反応は無理もない。

俺だって、母《かあ》さんのことは若返りの薬でも飲んだんじゃないかって思ってるから。

「でも、ご家族の写真をペンダントにするなんて、月島《つきしま》様はとてもお母様を大切にしているんですね」

「……ありがとうございます」

俺は一言だけお礼を言った。

それから美少女は片付けが終わったテーブルの上を綺麗になるように拭いてくれる。

「月島様、今日はどちらに行かれたのですか?」

その最中、美少女が俺の旅行について訊《たず》ねてきた。

　これもきっと間を持たせてくれようと気を遣ってくれているのだろう。

「今日は地獄谷と大湯沼《おおゆぬま》ですね」

「あら、そうなんですね。地獄谷はこの時期、紅葉がとても綺麗でしょう？」

「そうですね。思わず夢中で写真撮っちゃいましたよ。あと大湯沼の足湯も最高でした」

「気持ちいいですよね～。私も子供の頃は時々連れて行ってもらいました」

「子供の頃って……いまは行ったりしないんですか？」

「はい、お仕事が忙しくてお休みが取れないので……」

　美少女は苦笑いを浮かべながら答える。

「旅館の仕事って大変そうだなって思ってたんですけど、仲居さんでも休みがないくらい忙しいんですね」

「その……実は私、この旅館の若女将《わかおかみ》なんです」

「若女将⁉　ですか！」

　突然のカミングアウトに、俺は思わず驚いて声が大きくなった。

　だけど納得だな。そりゃ接客が一級品なわけだ。

「そういえば、月島様は今日以外にも何度も旅行をしているのですよね？」

「えっ、まあそうですけど……」

　なんか、急に話題を変えてきたな。

「他にはどんなところに旅行に行ったのですか？」

「他にはですか？　定番のところなら兵庫県の姫路城《ひめじじょう》とかですかね。真っ白な天守がすごくカッコいいんですよ！」

「カッコいいお城っていいですもんね！　私はまだこの目でお城を見たことがないのであれですけど……他にはどうですか？」

「他ですか？　えっと……」

俺はそろそろ温泉に入りに行きたいんだけどなぁ……。

しかし、美少女がこちらに向ける瞳はキラキラしていて期待に満ちていた。

どうやら彼女はもっと俺の旅行の話が聞きたいらしい。

本来なら、俺は遠慮せずに温泉に入りに行っていたと思う。

……けれど、彼女には母《かあ》さんのロケットペンダントを拾ってもらった恩がある。

旅行の話の一《ひと》つや二《ふた》つくらいするべきだろう。

「他はですね——」

それから俺は再び美少女に話し始めた。


美少女に旅行の話をして一時間くらい経《た》った。

彼女に話したことは、初めての旅行で軽井沢《かるいざわ》に行ったら計画がグダグダになってしまったり、茨城のひたち海浜公園のネモフィラの花畑が感動するくらい綺麗《きれい》だったり、大阪の店屋でたぬきうどんを頼んだつもりがきつねそばが出てきたり等、ごく普通の内容だった。

それでも美少女は、一つ一つの話をそれはもう楽しそうに聞いてくれた。

だから話している側も自然と嬉《うれ》しくなってしまって、あっという間に時間が流れてしまった。

「秋田県に寒風山《かんぷうざん》っていう観光地があるんですけど、辺り一面蒼《あお》い芝生で覆われていて、それを展望台から眺めると物凄《ものすご》く綺麗なんですよ！　たぶん言葉だけじゃあんまり伝わらないと思うんですけど、本当に綺麗なんです！」

「そうなんだ〜！　でも言葉でもちゃんと伝わってるよ！　なんて言うか……熱意がすごく伝わってくる！　きっととても素敵な場所なんだろうなって！」

「そっか！　なら良かった!!」

そこで俺と美少女は目と目があって——あることに気づく。

「す、すみません。つい敬語が抜けてしまって……」

「いや、こっちこそ調子に乗っちゃってすみません……」

互いに恥ずかしくなって、顔を逸《そ》らしながら言葉を交わす。

しかし、もう一度目が合うと、二人《ふたり》してくすりと笑ってしまった。

「あ、あのね……できたら君とは普通に喋《しゃべ》りたいなって思ってるんだけど……」

「奇遇だな。俺もそう思ってた」

そう返すと、美少女は嬉《うれ》しそうにはにかんだ。

そんな彼女は接客してた時とは印象が変わって、快活少女って感じだった。

「そういえば仕事はいいのか？　結構な時間話しちゃったけど」

「うん！　今日は少し余裕があるから……ギリギリのギリギリ大丈夫！」

美少女は自信満々に頷《うなず》いた。

それは本当に大丈夫なのか？

「……あのさ、一《ひと》つ質問してもいいか？」

「質問？　うん、いいよ！」

「その……どうしてそんなに俺の旅行の話を聞きたいんだ？」

ずっと気になっていた。

仕事が忙しいって言ってたのに、どうしても俺の旅行の話は聞きたい感じだったから。

「私ね、実は他のお客さんにもこうやって旅行の話を聞いているの」

「他の人にも？　……それはなんで？」

「私のお父《とう》さんがね、写真家なの。旅好きでいつも日本中、世界中のどこかを飛び回って色んなところの写真を撮っていたんだよ。それで家に帰ってきたらお父さんは毎日のように旅先でのことを話してくれたんだ」

そうして父親の話を聞くうちに、美少女はいつか自分も旅行に行ってみたいと思うようになったらしい。でも幼い頃は若女将《わかおかみ》としての修業で一度も旅行ができず、今は仕事が忙しくて結局旅行に行けていない。

同じ理由で小学校・中学校の修学旅行は不参加。このままだと高校の修学旅行も不参加になる予定らしい。

だから自分が旅行に行けない分、旅館に来る客たちからたまに旅の話を聞いて、いつか自分も旅行に行くんだ！ と気分を高めているのだとか。

「写真家で旅好きの父親に影響されたのか。よっぽど父親のことが好きなんだな」

「うん！ ……でも、お父さんはもういなくなっちゃったんだけど」

美少女は悲しげに呟《つぶや》いた。この〝いなくなった〟は家を出て行ったとかではなくて……たぶんそういうことなんだろう。

「ご、ごめん。急にこんなこと言われても困るよね」

ハッとしたのち、美少女は申し訳なさそうに顔を俯《うつむ》けた。

「いいや、別に。俺も母《かあ》さんいないし、その……似たようなもんだ」

「え……？」

美少女は驚いて顔を向けてくる。

……でも、特に何か訊いたりはしてこなかった。

「さっきも聞いたけど、本当に時間は大丈夫か？」

念のため再び訊《き》くと、美少女が部屋の壁に取り付けられている時計を確認する。

「いけない!!　もうお仕事に戻らなくちゃ!!」

美少女は焦った様子で、先ほど片付けた食器が載ったお盆を持って立ち上がる。

だろうな。さっきも全く大丈夫じゃなさそうだったし……。

「じゃあ俺の話はここまでだな」

「その、ごめんね。最後に空気を悪くしちゃって……」

「別に気にしてないよ。てか、自分の旅行の話をするのって案外楽しいんだな」

「わ、私も！　月島《つきしま》くんの話が聞けて、とても楽しかったよ！」

美少女がちょっと慌てながらも、そう言ってくれた。

まあ楽しんでくれていたのはわかってたけどな。思いっきり顔に出てたし。

「その……月島くんはまた登別《のぼりべつ》に旅行したりするの？」

美少女がチラチラと、こっちを見たり見なかったりしながら質問してくる。

その仕草に、俺は少しドキッとしてしまった。

「そ、そうだなぁ……クマ牧場とかまだ行けてないし、たぶんまた来ると思う」

「だったら次もこの旅館に泊まるのはどうかな？　それでね、もし良かったらその時にまた君の旅行の話を聞かせて欲しいな！」

美少女は嬉々《きき》として言った。旅行の話かぁ……。

「ここに泊まるのはこっちからお願いしたいくらいだけど、悪いが旅行の話の件は却下だ」

「えぇ!?　なんで!?」

美少女がびっくりしたように目を見開く。

「俺は旅行中、というか基本的に何してる時も他人のために時間を使いたくないんだ。今回が特別だっただけ」

「そ、そんなぁ……」

美少女はがっくりと肩を落とす。

悪いことをしてしまったか？　と思った直後、彼女は何か閃《ひらめ》いたように顔を上げた。

「わかった！　じゃあ次ここに泊まってくれて、私に旅行の話をしてくれたら、宿泊料を割引してあげるよ！」

「割引って……そんなことできるのか？」

「できるよ！　だって私、若女将《わかおかみ》だもん！」

「……そういえばそうだった」

敬語じゃなくなった途端、印象が変わったから忘れてたけど、こう見えて彼女は文句の付けどころがない接客をする若女将だった。

「それでどう？　旅行の話をしてくれるかな？」

美少女の澄んだ瞳がこちらを覗《のぞ》きこんでくる。まあこの旅館のお高めの宿泊料を割引してくれるなら、こっちにもメリットはあるわけだし……。

「了解した。割引してくれるなら、まだ披露していない俺の旅行の話をするよ」

「ほんと！　やったね！」

美少女は子供みたいにガッツポーズして喜ぶ。

やっぱり接客してる時と大違いだな。

「月島《つきしま》くんが約束してくれたことだし、私はお仕事があるから、そろそろ行くね！」

「おう。またな」

美少女が部屋を出ようとすると、俺は見送るために扉の方まで移動する。

……だが、彼女はなぜか扉の手前で止まってしまった。

まだ何かあるのか？　と思いつつ眺めていると、美少女はくるりと体を回した。

「そういえば、君にまだ私の名前って言ってなかったよね」

「ん？　……あぁ、そういやそうだったな」

そう返すと、美少女は胸に手を当てて可愛《かわい》らしく笑いながら、

「私は冬凪栞《ふゆなぎしおり》！　絶対にまた会おうね、月島くん！」

「そうだな。また会おう、冬凪」

二人《ふたり》で最後の言葉を交わした後、冬凪は扉を開けて部屋から出て行った。

……さて、プランは少し崩れてしまったが、まだ明日のチェックアウトまで温泉に四回入ることはギリできる。絶対に目標の計五回、温泉に入ってやるぞ。

今回も完璧な旅行にするためにな！


旅行で行ってみたい場所は山ほどあるから、ぶっちゃけ次に登別《のぼりべつ》に来るのはいつになるかわからない。でも、約束は守るつもりだ。

俺は約束を反故《ほご》にするような、ダサい真似《まね》はしない。

それくらい約束っていうのは大事だからな。


――だがしかし、この時の俺は思いもしていなかった。

冬凪琹とまさかあんな形で再会することになるなんてことを。

同い年の
妹と、
おないどしの
いもうとと、
ふたりひとりたび
二人一人旅

○第一章　同い年の妹が旅行に行きたい理由

登別《のぼりべつ》旅行から半年ほど経《た》った四月下旬。

高校二年生になった俺だが、一年生の時と変わらず一人《ひとり》旅を楽しんでいた。

「ただいまー」

プチ旅行から帰ってくると、とりあえず玄関で両手に持ったお土産《みやげ》と背中に背負った重いリュックを下ろした。あー、しんどかった。

「おー、帰ってきたか」

ちょいとカッコいい声と共に顔を出してきたのは、一見若いイケメンの男性だった。

彼は月島武志《つきしまたけし》。俺の父親だ。

身内の俺が言うのもあれだし、正直ムカつくけど、かなり顔がカッコいい父親である。

その証拠に年齢は四十代前半のくせに、見た目はどう見ても二十代後半。

母《かあ》さん共々、やっぱり若返りの薬を使っているとしか思えない。

しかも職業は料理人で、今は都内の有名な和食料理店の料理長をしているらしい。

ちょっとうちの父親、スペックが高すぎませんかね。

「今回は群馬に旅行だったっけ？」

「群馬の草津《くさつ》な。お土産に温泉たまごとか買ってきたぞ」

「えぇー、餃子《ギョーザ》じゃないのか？」

「それは栃木だ。料理人のくせに名産品くらい覚えとけよ」

「中華は関係ないからなぁ……それよりも俺、口がもう餃子になってんだけど」

「うるせー、文句言うならこの温泉たまごは全部俺が食うぞ」

「と思ってたけど、いま温泉たまごの口になったわ」

なんだよそれ。調子《とう》がいいやつめ。

こんな風に俺と父さんは、親子というよりは友達のような会話をすることが多い。

父さんの見た目が若いっていうのもあるが、母さんがいなくなって家族二人《ふたり》で過ごすようになってから自然と距離感が近くなった。お互いが唯一の家族だからかもしれない。

「お前、また自分の写真一枚も撮ってないのかよ」

「は？　って、それ俺のデジカメ!?」

父さんが勝手にリュックからデジカメを取り出して、写真を確認していた。

彼が言った通り、写真には一枚も俺が写っていない。

「景色《けしき》ばかり撮るのもいいけど、たまには自分入りの写真も撮れよ」

「素晴らしい景色に余計なものなんていらないんだよ。俺は常に完璧な写真を撮ってんだ」

「出たよそれ。お前の何でも〝完璧〟にこだわるやつ」

「う、うるせ。ほっとけ」

「そもそも別に海人《かいと》は余計じゃないだろ……。もう高二にもなるのに一人《ひとり》で旅行ばかりして、友達もいないみたいだし……お父《とう》さんちょっと心配だぞ」

父さんは悩ましげに額に手を当てるが、俺は全く気にしていない。

平日はアルバイトをしてお金を貯《た》めて、その貯金で休日は一人で旅行に行く。

これが俺にとっては、最高の高校生活だからな。

「あのさ海人、帰ってきて早々悪いんだけど、少し話せるか？」

「ん？　なんだよ？」

「少しお前に大事な話があってな」

父さんが真剣な表情を見せる。普段は料理長をやってるとは思えないくらいおちゃらけてるのに……珍しいな。

「わかったけど、荷解《にほど》き済ませてからでいい？」

「いいぞ、終わったらリビングに来てくれ」

「へーい」

俺が返事をすると、父さんはリビングの方に歩いていった。

……大事な話って何だろう？

「お父さんからの重大発表～！」

荷解きを終えてリビングのソファに座ると、急に父さんが大声で宣言した。

ついでに出所不明のタンバリンを鳴らしている。

「ご近所迷惑だろ。止《や》めろよ」

「えっ……は、はい。すみません」

しゅんとする父さん。一体何がしたいんだよ……。

「で、大事な話ってなに？」

「え、えっと、それはですね……」

父さんはつかえながら、恥ずかしそうに両手をモジモジとさせる。

告白する前の女子みたいなことしてないで、さっさと言って欲しいんだが。

そう思っていると、父さんはようやく言葉にした。

「あのな、父さん再婚することにしたんだ」

「……え、今なんて？」

予想外の報告に、俺は思わず聞き返してしまった。

「だから父《とう》さんな、再婚するんだよ」

「……まじで再婚すんの？」

「まじまじ。びっくりした？」

「そりゃびっくりするだろ。逆にここで冷静なやつの方が恐《こわ》いわ」

ようやく父さんの言葉が頭に入ってきた。

……でもそっか、父さんが再婚か。

「それでさ、海人《かいと》はどう思う？」

「？　どうって？」

「その……父さん、再婚してもいいか？」

父さんは不安そうに訊《たず》ねてくる。

いつもは何かと適当な性格をしている父さんだけど、もしここで俺が再婚なんかしないで欲しいって言ったら、本当に再婚しないと思う。

父さんは、そういう人なのだ。

母《かあ》さんがいなくなった後、父さんは仕事もしつつ、運動会とかの学校行事には必ず来てくれて、絶対に寂しくさせないようにしてくれて、たった一人《ひとり》で俺を育ててくれた。

だから父さんには、言葉にしきれないくらい感謝している。

そんな彼が幸せになろうとしているんだ。息子として祝福しないでどうする。

「何言ってんだよ、再婚していいに決まってるだろ」

「……本当か？　無理とかしてないか？」

「してねぇって。その……おめでとう、父さん」

照れくさくなりながら言うと、

「……ありがとう、海人」

父さんは瞳をうるっとさせながら、感謝の言葉を返した。

「おいおい、こんくらいで泣きそうになんなよ」

「バカ野郎。これはちょっと目から鼻水が出ただけだ」

「なんだそれ、汚ねぇなぁ」

しょうがないから近くのティッシュを取って渡してやると、父さんはズズーッと盛大に鼻をかむ。まったく、泣きすぎだろ。

「……で、再婚する人ってどんな人なんだ？」

「めちゃめちゃ綺麗《きれい》で優しい人だぞ！　あと、今は北海道で旅館の女将《おかみ》をやってる！」

「旅館の女将って、すげぇ人じゃん」

そうなると女将さんが義理の母になるのか……なんかプレッシャーだな。

「だけど再婚相手が北海道にいるんだったら、再婚した時どうするんだ？　俺と父さんが北海道に行くのか?」

「いいや、向こうがこっちまで来てくれるらしい」

「えっ、じゃあ旅館はどうするんだよ。女将《おかみ》やってるんだろ?」

訊《たず》ねると、父《とう》さんは言葉に詰まる。

なんだこの、ちょっと深刻な空気は……。

「実は父さん、今度その人と再婚したら料理人を辞めて、民宿を始めようと思ってるんだ」

「は? 民宿?」

訊《き》き返すと、父さんは首を縦に振る。

「再婚する人が家族で小さな民宿を営むのが夢だったらしくて、旅館は親戚に任せてこっちで民宿をやりたいって言ってるんだ。それで父さんはその夢を叶《かな》えてやりたい」

「だからって、今の仕事を辞めるって……」

「絶対にお前に迷惑はかけないから」

真っすぐにこちらを見つめている父さん。既に決意は固まっているみたいだ。

迷惑をかけないって……。

でも、今までずっと迷惑をかけてきたのは俺の方なんだよな。

少し心配だけど、父さんが決めたことなら……。

「わかったよ。父さんの好きなようにしてくれ」

「ありがとう！　海人《かいと》ならわかってくれると思ったぞ！」

父さんはガバッと抱きついてくる。

「暑苦しい！　止《や》めろ！」

「さすが俺の息子だ～愛してるぞ海人～」

う、うっとうしすぎる……。それからなんとか父さんを引き剝がしたあと、俺は旅行で少し疲れたので仮眠をするために自分の部屋に行こうとする。

「そうだ海人、最後にもう三つだけ言うことあるの忘れてたわ」

「三つもあんのかよ……で、なに？」

「まず一《ひと》つは、再婚したら名字が変わるから」

さらっと衝撃的なことを言ってきた。

「名字が変わる!?　ってなんで!?」

「そりゃ再婚する人の名字に揃《そろ》えるからだよ。その人と話し合って民宿の名前を家族の名字にしようってなってな。そうなると〝月島《つきしま》〟よりあっちの名字の方がしっくりくるんだ」

「理由はわかったけど、それでも名字が変わるって……」

月島から一体どんな名字になるんだ？

とりあえず違和感がなければ、何でもいいけど……。

「それで残り二《ふた》つはまとめて言うが……お相手には娘さんがいてな、今から俺と再婚する人がその娘さんと一緒にうちに来ることになってる」

「っ⁉　娘がいて再婚相手と一緒にうちに来る⁉　そんな大事なこと今言うのかよ‼」

焦りつつ言うと、父《とう》さんは「いやぁうっかり忘れてたわ」とケラケラと笑う。

笑ってる場合じゃねーだろ。

「てか今から会いに来るって、もし俺が再婚を嫌がったらどうするつもりだったんだ？」

「俺は海人《かいと》のことを信じてたからな。何の問題もない」

「問題ありまくりだろ……」

俺は呆《あき》れたようにため息を吐《つ》いた。まあ父さんらしいと言えばらしいか。

そんなことを思っていたら、ピンポンとインターホンの音。

「おい父さん、これってもしかして……」

「いや、予定ではもう少し後のはずなんだが……」

父さんはポケットからスマホを取り出して確認する。

「すまん海人、予定が早まったみたいだ」

「連絡くらい見とけよ」

本当に適当な性格してんな。旅行帰りで一応、外向けの格好してるからいいけどさ。

その後もう一度、インターホンが鳴った。

「じゃあ海人、行くぞ」

「お、おう……」

父さんと一緒に玄関へ向かう。

そういや、再婚相手の娘さんっていくつなんだろう。それで俺が兄になるか弟になるか決まるんだけど。……でもあれだな。兄妹《きょうだい》とか欲しかったし、結構嬉《うれ》しいかもな。

「うわ、なんか緊張してきた……」

「大丈夫だ。普段通りにしてくれればいいから」

「それが一番難しいんだけど……」

変なことを言わないように気を付けないと。

こういう時は、第一印象が大事だからな。

「いらっしゃい！」

父さんが玄関の扉を開けると、まず入ってきたのは柔らかい雰囲気の女性。

でも立派な着物を着ており、何か貫禄《かんろく》みたいなものは感じる。

間違いなくこの女性が父さんの再婚相手だ。

彼女は父さんと楽しそうに会話を交わした後、こちらに視線を移した。

「あなたが海人さんですね」

「えっ、は、はい！」

「武志《たけし》さんと似てカッコいいですね。将来はきっと良い旦那さんになりますよ」

「ど、どうも」

初対面からカッコいいやらいい旦那さんやら言われて、反応に困ってしまう。

さすが元女将《おかみ》さん。コミュ力が高すぎる。

「海人《かいと》さん、武志《たけし》さんとの結婚を受け入れてくれて本当にありがとうございます。これからよろしくお願いしますね」

「よ、よろしくお願いします、えっと……」

「あらいけません、名前を言ってなかったですね。冬凪京香《ふゆなぎきょうか》です。あっ、もちろんお母《かあ》さんとかママでも良いですよ」

「あはは……よろしくお願いします、京香さん」

いきなりお母さんとママはハードルが高いので普通に名前でよろしくすると、京香さんは優しく笑った。ちょっと積極性が強いけど、いい人そうで良かった。

かなり美人だし、父《とう》さんが言っていた通りめちゃめちゃ綺麗《きれい》で優しい人っぽいな。

——とその時、ふとあることに気づく。

そういえば、いま冬凪って言ったか？　どこかで聞いたことあるような……。

「ほら、隠れてないであなたも挨拶しなさい」

京香さんがそう言うと、彼女の後ろからもう一人《ひとり》の女性が出てきた。

その女性は艶《つや》やかな黒髪で、透明感のある瞳をしていて、どこか大和撫子《やまとなでしこ》のような雰囲

気があって、俺と同い年くらいで――って、こいつ⁉

「わ、わわ私の名前は冬凪栞《しおり》です。得意なことはお料理。好きなことは誰かの旅行のお話を聞くこと。あっ、でも私も旅行に行きたいんですけど、まだ一度も行けてなくて――」

「……冬凪、何してんだ？」

緊張マックスで自己紹介する冬凪に、俺は訊《たず》ねた。

すると彼女は俺と目が合うなり、ガラス玉みたいな瞳を丸くして、

「ど、どうして月島《つきしま》くんがここにいるの⁉」

「いや、それは俺が聞きたいんだけど……」

そんな会話をしつつ困惑する二人《ふたり》。

「なんだ、二人とも知り合いなのか！」

「あなた、いつ海人さんと知り合ったのですか？」

京香さんと父さんも少し驚いている。

「もしかしなくても京香さんの娘って、冬凪だよな？」

「じゃあ、君は新しいお父さんの息子……？」

お互いの問いに頷《うなず》く二人。

あー、なるほど。どうやら俺と冬凪《ふゆなぎ》は新しい家族になるってことで間違いないらしい。

……まじかよ。

数日後、一旦北海道に戻った京香《きようか》さんと冬凪が準備を整えてから東京に引っ越してくると、その日の内に父《とう》さんたちは一緒に婚姻届けを出した。

そして俺は〝月島海人《つきしまかいと》〟から〝冬凪海人〟に変わり、俺と冬凪は義理の兄妹《きようだい》になった。

◇◇◇

京香さんたちが東京にやってきて三日目。今日は平日で学校があるので、俺は登校して教室に着くなり、自分の席で次の旅行の計画を立てていた。

「昨日の数学の小テスト、点数悪かったやつは今日の放課後に補習あるらしいぜ」

「まじで!?　俺、全然わかんなかったんだけど……」

「あたしも補習確定だわ～」

周りの生徒たちは小テストの件でざわついているが、俺は日頃からきちんと勉強していたので、もちろん満点。テストはまだ返されてないが、見なくてもわかる。

旅行にしろ勉強にしろ、準備が一番大切だからな。

そんなわけで俺は一人《ひとり》でスマホをいじりつつ、次の行き先を探していく。

久しぶりに富士山見たいし、山梨に行くのはアリかもな。

この前は静岡で見たから、前回とはまた違う富士山が見れるだろうし。

あれこれと考えていると、不意にドンッ!と腕に何かが当たった。

「おっ、悪い悪い」

謝ってきたのは、今年からクラスメイトになったクラスの陽キャ部門の平田《ひらた》くんだ。

どうやら彼が俺にぶつかってしまったらしい。

「別に、全然大丈夫だから」

「マジでごめんな、月島《つきしま》」

「本当に大丈夫だって。それより、その……俺、実はもう月島じゃなくて……」

「月島さ、カラオケとか好き? 友達と一緒に行くんだけど、一緒に行かね?」

名字が変わったことを説明できずにいると、そのまま話が進んでしまって、なんかいきなりカラオケに誘われた。

俺、平田くんと全く仲良くないのに、陽キャのコミュ力ってどうなってんだ。

「悪い、今日はアルバイトがあるから……」

「ふーん、そっか。じゃあまた誘うわ」

そう言って、平田くんは自分の席へ戻っていく。

また誘う、と言っていたが、たぶんもう誘われないだろう。

何故《なぜ》ならこれで彼から遊びに誘われるのが三回目で、三回とも全て断っているからだ。

一年生の時も平田くんみたいな生徒が、一人になっている俺を遊びに誘ってくれた。

けれど今みたいに全部断っているうちに一切誘われなくなったから、今回も同じことが起きるだろう。そりゃ毎回断るやつなんて遊びに誘うだけ無駄だからな。

でも、俺はこれでいいと思ってる。

平日にアルバイトがあるのは事実だし、休日は誰かと遊ぶよりも一人旅がしたい。

誘ってくれる人たちには申し訳ないが、俺の高校生活にはクラスメイトと遊んだりするイベントは必要ないのだ。

平田くんには悪いけど、山梨県で富士山が見える観光地でも探すとしよう。

「はい、全員席に着けー」

そう思った時、教室の戸が開いて担任の男性教師が入ってきた。

今日はいつもより来る時間が早いな……あぁ、そういうことか。

「あのな、今日から転校生が来るから～」

担任がさらっと口にすると、クラスメイトたちが驚いた後、ざわつき始める。

どんな人だろう、男か女か、見た目はどうだろう、とか。

「じゃあ入ってきていいぞ～」

担任の声を合図に、再び戸が開いた。

教室に入ってきたのは、艶《つや》やかな黒髪の大和撫子《やまとなでしこ》のような女子——冬凪《ふゆなぎ》だった。

京香《きょうか》さんから冬凪が今日登校するって聞いてたけど、まさか同じクラスだったとは。

「北海道から来ました冬凪栞《しおり》です。これからよろしくお願いします」

冬凪は元若女将《わかおかみ》さながらの美しい一礼をして挨拶をする。

その姿にクラスの男子、いや女子も含めてほとんどが見惚《みほ》れていた。

冬凪が担任から指定された席につくと、そのままホームルームが始まる。

特に何事もなくホームルームが終わり担任が出ていくと、次の瞬間、クラスメイトが一斉に冬凪の席に集まりだした。

「冬凪さんって趣味とかあるの？」「今日の放課後一緒に遊ぼうよ！」「栞ちゃんって呼んでもいい？」「北海道でおすすめの場所とかある？」「栞ちゃん可愛《かわい》すぎ！」「こっちでわからないことあったら何でも聞いてね！」

転校初日でクラスメイトから大人気の冬凪。

……でも、あんなに大勢に囲まれて大丈夫か？

「あのね！　北海道のおすすめの場所は——」

しかし、冬凪は全ての生徒に笑顔で対応していく。どうやら杞憂《きゆう》だったみたいだ。

さすが元若女将。コミュニケーションはお手のものか。

それから冬凪は持ち前の若女将スキルで転校初日を難なくこなして、クラスメイトの大半と仲良くなった。

ちなみに朝のホームルームの最後に、担任から俺の名字が変わったことが発表されていたが、クラスメイトたちは冬凪に夢中で全然聞いておらず、当然ながら俺と彼女が同じ名字だってことも気づいていなかった。

……これ、暫《しばら》くは月島《つきしま》で呼ばれそうだな。

◇◇◇

冬凪たちが東京に来てから二週間が経《た》った。

父《とう》さんと京香さんが再婚と同時に始めた民宿――『冬凪』は居酒屋兼、宿泊できる施設らしく、既に常連客も何人かいて経営はとても順調みたいだ。

『冬凪』は都内の古民家を改装してできており、費用は京香さんが自分の都合で迷惑をかけるから、と全額出した。何でも夢を叶《かな》えるために貯金してたらしい。

冬凪も学校生活はいい感じで、すっかりクラスに溶け込んでいる。

「東京から河口湖《かわぐちこ》に行くには――」

ある日の休日。次の行き先を山梨県の河口湖《かわぐちこ》に決めた俺は、スマホで交通手段や費用を調べていた。ネット記事曰《いわ》く、なんでも絶景の富士山が見られるとか。

現在、父《とう》さんと京香《きょうか》さんは『冬凪《ふゆなぎ》』に勤務中で、家にはいない。

俺たち家族は『冬凪』には住んでおらず、元々俺と父さんが暮らしていた家に住んでいる。もし『冬凪』に住んでしまうと、学校から少し遠くて俺と冬凪を煩わせてしまうから、という理由で『冬凪』に住むのは止《や》めにしたらしい。

でも父さんと京香さんもべったり民宿にいるわけじゃなくて、夜になると数人の従業員に任せて家に帰ってくる。俺と冬凪に寂しい思いをさせたくないから、だそうだ。

だから、晩御飯はいつも家族全員で食べている。

「おはよう、朝早いんだね」

一人《ひとり》で黙々と山梨旅行の計画を立てていると、リビングに冬凪が入ってきた。

部屋着姿の彼女は旅館でテキパキと働いていた印象とギャップがあって、思わず数秒間見入ってしまうくらい可愛《かわい》かった。

……って、なに俺は家族になったばかりの女子をまじまじ見てんだ、気持ち悪い。

ちなみに冬凪と京香さんがうちに来てからの部屋割りは、冬凪の部屋が二階にあって、俺の部屋の隣。父さんと京香さんの夫婦の部屋は一階にある。

冬凪の部屋は元々空き部屋だった場所で、京香さんたちの部屋は元々父さんが一人で使

っていた部屋だ。

父《とう》さんと母《かあ》さんが一緒に過ごした部屋は二階にあるけど、そこには母さんとの思い出の物が置かれているだけで、いまは誰も使っていない。

新しい家族と生活を始めて二週間くらい経《た》つが、特に過ごしにくい部分とかはない。

むしろ京香《きょうか》さんは優しくて料理は美味《おい》しいし、冬凪《ふゆなぎ》とも仲良くやっている。

第一、登別《のぼりべつ》旅行で話した時の冬凪の性格からして、彼女と問題を起こすことなんてほぼあり得ないだろう。

そんな感じで、新生活は今のところ上手《うま》くいっていた。

「冬凪も朝早いんだな」

「旅館で働いていた時はもっと早かったからね。癖で起きちゃうの」

冬凪はきょろきょろと左右を見回す。

「お母さんと武志《たけし》さんは？」

「民宿で働いてるよ」

「そ、そうなんだ……」

「手伝いたいのか？」

訊《たず》ねると、冬凪は首を横に振った。

「手伝おうとしても、お母さんが絶対に手伝わなくていいって言うから」

「そうなのか……」

旅館で若女将《わかおかみ》をやっていたんだから、当然民宿でも働いてもらうのかと思ってたけど……どうやら違うみたいだ。

「あ、あのさ月島《つきしま》くん。その……折り入って話があるんだけど……」

そう言ってきた冬凪の声は、どこか少し緊張しているように感じた。

「なんだ？　てか俺、月島じゃないけどな」

「た、確かにそうだね。でもそんなこと言ったら、君も私のこと冬凪って呼んでるでしょ」

「だって冬凪じゃん」

「君だって冬凪だよ」

「……確かに」

お互いの呼び名に困る二人《ふたり》。ついでに義理の兄妹《きょうだい》とはいえ、女の子と家に二人きりは未《いま》だに慣れていないから、普通に気まずい。

ところで、冬凪は俺より誕生日が遅いから、同い年だけど一応、俺の妹だ。

「これからはお互い名前で呼び合おうよ！　私は海人《かいと》くんって呼ぶから！」

「ま、まあそうするしかないか」

不意に名前で呼ばれて心拍数が上がってしまう。

同い年の女子から名前呼びされたのは、生まれて初めてかもしれない。

「ほら、海人《かいと》くんも私のことを名前で呼んで」

「えっ、じゃ、じゃあ……栞《しおり》」

「っ！　そ、そうだよ！　よくできました！」

顔を赤くしながら褒めてくれる栞。気持ちはわかるから責められないけど、そんな反応されたら、こっちももっと恥ずかしくなりそうだ。

「そ、それで、さっき話があるって言ってたけど、何か用か？」

「実はね、その……海人くんに頼みがあるんだ」

「頼み？　……あぁ、また旅行の話をして欲しいとか？　登別《のぼりべつ》の旅館で話した時にそう言ってたもんな」

「ち、違うの。もちろん海人くんのお話は聞きたいけど、今回はそうじゃなくて……」

どこか言いにくそうにしている栞。一体俺に何を頼むつもりなんだ……？

少し不安になっていると、ようやく栞が口を開いた。


「わ、私を海人くんの旅行に連れて行って欲しいの！」

そう告げた彼女は続けて、ビシッと俺のスマホを指す。

「海人くん、さっき河口湖《かわぐちこ》に行くって言ってたよね？」

「一応、その予定だけど……って、聞いてたのかよ」

「その旅行に、その……私を一緒に連れて行ってもらうのはダメかな？」

栞は控えめに訊《たず》ねてくる。そういや旅館で話した時も、写真家で旅好きだった父親みたいに、いつか旅行に行ってみたいって言ってたな。

「どうして俺の旅行に付いて来ようとするんだ？　普通に一人《ひとり》で行けばいいだろ？」

「あのね海人くん。これはすごく言いにくいんだけど、たぶん高校生で一人で旅行に行くのなんて海人くんくらいだよ？」

「……まあそうだな」

同級生で一人旅してるやつなんて見たことないし、旅館で働いていた彼女が言うのだから間違いない。

「それに私って旅行の初心者だから、同年代で誰よりも旅行に詳しそうな海人くんに色々教えてもらいたくて……」

「そっか、栞って一回も旅行に行ったことないんだもんな」

若女将《わかおかみ》の仕事が忙しくて、修学旅行にすら行ったことがないとも言っていた。

「どうかな？　私を海人くんの旅行に連れて行ってもらってもいいかな？」

心配そうな顔で訊ねてくる栞。

旅館で話した時から察するに、彼女が相当旅行に行きたがっていることはわかる。

でも――。

「悪いけど、お前を旅行に連れていくことはできない」

刹那《せつな》、栞《しおり》は綺麗《きれい》な瞳を大きく見開いたあと、少しだけ顔を俯《うつむ》ける。

「どうしてもダメなの？」

「ダメだ」

「絶対に海人《かいと》くんの邪魔はしないから！」

「それでもダメだ」

栞は何度も頼んでくるが、俺は断り続ける。

「その……理由を聞かせてもらってもいい？」

すると、今度は悲しげな声音で訊《たず》ねてきた。

俺は少し思案したあと、彼女の質問に答える。

「俺は誰にも行動を制限されずに自由に好きな場所に行ける――一人《ひとり》旅こそが完璧な旅行で一番楽しいと思っているんだよ。だから絶対にダメだ」

俺の言葉に、栞は必死に考える仕草を見せる。

すると、何か案を思いついたようで――。

「じゃ、じゃあ私は海人くんの一人旅に偶然、一緒にいるみたいな感じで……一人旅を二《ふた》人《り》でしているみたいな！　旅行中も海人くんは私のことは気にしなくて、一人旅を満喫してもらってていいから！　だから私も海人くんの旅行に連れて行って欲しいの！」

栞は説得しようと、懸命に言葉を紡ぐ。

だが俺は何を言われても、彼女の頼みを聞き入れるつもりはなかった。

「悪いな。どんな理由でも、俺は栞を旅行に連れていくことはできないんだ」

「……そっかぁ」

これ以上は無理だとわかったのか、栞は深く肩を落とす。

かなり落胆しているみたいで、こっちも少し胸が痛くなってきた。

けれど申し訳ないが、俺は彼女と旅行するなんて考えられない。

「栞、その……ごめんな」

「ううん、海人くんが嫌なら仕方ないよ。確かに一人で旅行している君はとても楽しそうにしていたから。それを邪魔したいとは思わない」

そう言いつつも、栞は残念そうに小さく息を吐く。

「でも、まあお前ならクラスの女子誘って旅行に行けるだろ」

そんな考えもあって、俺は栞の頼みを断った。彼女は既にクラスの人気者だからな。

「……それだと意味ないんだよ」

けれど、栞《しおり》は呟《つぶや》くようにそう答えた。……何が意味ないんだ？

「私、ちょっと顔洗ってくる」

疑問を残したまま、栞は洗面台の方へ歩いていってしまう。よくわからないな……。

それから俺は身に着けているロケットペンダントを開ける。

「さすがに、あいつを一緒に連れていくわけにはいかないよな」

中に入っている母《かあ》さんの写真を眺めながら呟いた。

栞には言っていないけど、本当は俺が彼女と旅行に行けない理由はもう一《ひと》つある。

それは——。


七年前。俺がまだ小学四年生で、母さんがまだ生きていた頃の話だ。

母さんは昔から病弱で、入院と退院を繰り返していた。

それでも俺にはいつも優しくて、本当に大好きな人だった。

「母さん！　今日もテストで百点取ってきたよ！」

とある日の都内の総合病院。母さんが入院している病室に入ると、俺は大声で自慢した。

当時の俺は母さんを心配させまいと、勉強だろうが運動だろうが何でも頑張っていた。

俺が何事も〝完璧〟にこだわるようになったのは、もしかしたらこれがきっかけなのかもしれない。

「あらそうなの？　海人《かいと》は偉いわね～」

母さんは柔和な笑みを浮かべて、優しく頭を撫《な》でてくれる。

俺がいいことを報告すると、決まってそうしてくれた。

「母さん、具合はどう？　大丈夫？」

「ええ、大丈夫よ。海人の顔を見たらすごく元気出たから」

「ほんと！」

「本当よ、いつもありがとう」

母さんから温かい言葉をもらって、俺は嬉《うれ》しすぎて自然と笑みがこぼれた。

「でもね海人、別に毎日来なくてもいいのよ。たまには友達と遊んだりしてね」

「何言ってるのさ。母さんが元気になるなら友達よりも母さんに会いに来るに決まってるじゃん。それにうちの家訓は家族を世界で一番大切にすること！　でしょ！」

「そうなんだけど……その家訓、海人が生まれた時に海人のために作ったのよね」

母さんは困ったような表情を浮かべる。

でも、俺は誰に何を言われようとも毎日この病室に来るんだ。父《とう》さんは仕事が忙しくてたまにしか母さんに会えていない。

だからその分、俺が絶対に母さんを寂しくさせないようにしないと！

「そうだ！　今度ね、小学校で修学旅行があるんだよ！」

「そうなの？　それは楽しみね！」

「うん！　お土産《みやげ》い――っぱい買ってくるからね！」

「あら嬉《うれ》しい。じゃあすーっごく楽しみにしてるわね！」

母《かあ》さんの「すーっごく」に俺が笑ってしまうと、母さんも同じように笑った。

「でも修学旅行かぁ。いつかお母さんも海人《かいと》とお父《とう》さんと旅行に行ってみたいなぁ」

窓の外を眺めながら、母さんは呟《つぶや》くように言った。

母さんの体が弱いこともあって、家族旅行は一度も行けていない。

でも、俺は家族全員で旅行している姿を想像して……すごくいいと思った。

「俺も母さんと父さんと旅行に行きたい！　行こうよ！」

病室のベッドに身を乗り出しそうな勢いで言うと、母さんは少し驚いたあと、またいつもの優しい笑顔になって、

「そうね！　じゃあ家族みんなで旅行に行くためにもお母さんが元気にならなくちゃね！」

「うん！　どうせなら日本中、旅行しよう！」

「ふふっ、日本中かぁ。それはとっても楽しそうね！　お母さん、頑張って元気になるからね！」

母さんは小さくガッツポーズをする。

そんな母さんはとても病弱には見えなくて、きっとすぐに家族旅行ができる日が来ると思っていた。

しかし結局、家族みんなで旅行に行くことはできなかった。

以来、俺は母さんとの約束を果たすために、彼女の写真が入ったロケットペンダントを身に着けて日本中の観光地を巡っている。

正直、母さんとの約束を果たしている時に、部外者が入ってきて欲しくない。

だから、俺はいつも一人《ひとり》で旅行をしている。

本当は父さんとも旅行できたらいいんだけど、彼は昔も今も仕事で忙しくて、休日くらいは休ませてあげたいので、一度も一緒に旅行には行けていない。

まあ一人で旅行するのがめちゃくちゃ好きなのは本当だし、やはり一人旅こそが完璧な旅行だと思っているから、別にいいんだけど。

そんなわけで、俺は栞《しおり》と一緒に旅行に行くことはできない。

「栞には悪いけど、あいつはクラスメイトに人気あるし、そいつらを誘って旅行に行けるだろ」

そう思ってたけど、彼女曰《いわ》く、それだと意味ないらしい。

一体、何が意味ないんだか。……さっきの続きでもやるか。

俺は再び山梨旅行の計画を立て始める。

スマホを駆使しつつ、二時間ほどかけて山梨旅行の計画を完成させた。

温泉を楽しみつつ、他の観光地も超効率的に回れる最高のプランだ。

次の休日が、かなり楽しみになってきたな！

旅行プランの出来が良すぎて、ついついテンションが上がってくる。

こうやって一人《ひとり》で盛り上がるのは、一人旅好きあるあるだな。

——とあれこれ思いつつも、俺は少しだけ栞《しおり》のことが引っ掛かっていた。

◇◇◇

「ただいまー」

数日後。

放課後に山梨旅行に必要な物を買って帰宅すると、玄関には先に帰っていた栞がいた。

「「あっ」」

目が合った瞬間、お互いに声を出してしまう。

それから微妙な空気に……。

「……おかえり」

「お、おう。ただいま」

それだけ言葉を交わすと、栞は逃げるように二階に上がっていった。

ここ数日間、こんな風に気まずい状態が続いている。

彼女の頼みを断ってから、最低限のやり取り以外まともな会話ができていないんだけど……毎日これだとさすがにキツイな。世の中の喧嘩《けんか》した後の兄妹《きょうだい》の気持ちが少しわかる気がした。俺と栞は別に喧嘩したわけじゃないけど。

「あら海人《かいと》さん、おかえりなさい」

頭を悩ませていると、リビングの方から京香《きょうか》さんが出てきた。

「京香さん、ただいまです。民宿はどうしたんですか？」

「今日は休業日にしました。働き詰めは良くないと思いまして」

京香さんの話によると、午前中は夫婦でデートをして、午後はゆっくり休んでいるのだとか。父《とう》さんも今は寝室で眠っているらしい。

確かに民宿を始めてから、父さんも京香さんも一度も休んでないからな。

「それよりも、ひょっとして栞が何かしてしまいましたか？」

「えっ、そんなことないですけど……」

「そうですか？　ここ最近、海人《かいと》さんと栞《しおり》の様子がおかしいから気になってしまって……」

京香《きょうか》さんは心配そうな表情を浮かべる。さすがに気づかれてたか。

このまま京香さんを不安にさせるのは良くないけど、今まで兄妹《きょうだい》なんていなかった俺は解決方法がわからないわけで……。

「すみません、海人さん」

「あっ、はい、なんですか？」

「栞に渡してきて欲しいものがあるのですが、あの子の部屋まで届けてくれませんか？」

「……それ、俺が行くべきですか？」

「私は日頃の疲れで今すぐにでも寝ないと倒れちゃうかもしれません。頼めませんか？」

少しいたずらっぽい笑みを浮かべている京香さん。強引に俺と栞の仲を修復させようとしてるって丸わかりだ。……でも、京香さんなりに何とかしようとしてくれているんだろうし、逆らうわけにはいかないよな。

「わかりました。俺が渡してきますよ」

「ありがとうございます。あっ、いくら義理の妹だからといって襲ったりしちゃいけませんよ？」

「っ!?　そ、そんなことしませんよ！」

俺が声を大にして主張すると、京香さんはクスクスと笑った。

まったく、こういうやり取りは父《とう》さんとしてくれませんかね。


「渡したいものってこれかよ……」

俺は京香さんから頼まれたものを持って、二階の栞の部屋の前に立っている。

それで頼まれたものだが、なぜか大仏のぬいぐるみだった。しかも超ヘンテコな顔をしている。父さんとのデート中に買ってきたらしく、俺の分も渡されて、それは自分の部屋に置いてきた。京香さん曰《いわ》く、栞は大仏が大好きらしい。

高校生で大仏好きって、随分と渋いなぁ……。

「栞、その……京香さんに頼まれて来たんだけど、ちょっと出てこれるか？」

部屋の前で訊《たず》ねる……が、返事はない。

ひょっとして無視されてる？

「おーい、いるか～？　栞さん、いますか～？」

何回か呼んでみるが、やはり何も返ってこない。

もしかして俺、すげぇ嫌われてるのかな？　だとしたら、さすがにショックだけど……。

もしくはイヤホンで音楽聞いてるとか、寝ちゃってるとか……。

ズドンッ！

不意に何かが落ちたような音が響いた。栞《しおり》の部屋からだ。

「おい、いま結構大きな音が聞こえたけど大丈夫か？」

慌てて訊《き》くが、まだ言葉は返ってこない。

おいおい、本当に大丈夫か。けど、女子の部屋に勝手に入るっていうのも……。

いや、もしものことがあったら、そっちの方が大変だろ！

「栞、入るぞ！」

急いで扉を開けて、栞の部屋に入る。

すぐに目に入ってきたのは可愛《かわい》らしい模様の桃色ベッド、その上には栞が眠っていた。

ついでに彼女の傍《そば》には、ヘンテコ顔の大仏のぬいぐるみが仲良く五体座っている。

「……なんだ、寝てたのか」

ひとまず、彼女に大事がなくて安堵《あんど》する。

さっきは無視してたわけじゃなかったみたいだ。

じゃあさっきの大きな音は……。

辺りを見回すと、床に開かれたままの分厚い本が落ちていた。

結構重そうだし、音の正体はこの本で間違いない。栞の腕がだらんとベッドからはみ出していて、おそらくこの本を読みながら寝落ちしてしまったんだろう。

「こんな分厚い本、あいつ一体何を読んでたんだ？」

落ちていた本を拾ってみると、開きっぱなしのページには綺麗《きれい》な夜景の写真が貼られていた。加えて、その夜景を見た時の気持ちがぎっしりと書き込まれている。

この夜景、よく観光サイトで見るから知ってるぞ。北海道の函館山《はこだてやま》の夜景だ。

でも栞って、今まで一度も旅行に行ったことないんじゃゃ……。

表紙を見てみると、そこには直筆で〝旅日記〟と書かれていて、名前を記載する箇所には〝冬凪明人《ふゆなぎあきと》〟と書かれていた。

もしかしてこの本、栞の父親のものか？

「……ん、んん」

ベッドの方で栞がもぞもぞとし出した。

勝手に部屋に入っているのがバレたら大変だ。それに彼女の父親の旅日記も少し読んじゃってるし……とにかく、さっさと部屋から出ないと！

まず俺は日記をベッドの上に置こうとする。床に置き直すと栞に悪い気がするし、他の場所に置いたら後で誰かが部屋に入ったって疑われそうだしな。

俺はベッドの方に近づいていく。

すると――彼女の瞳からは涙が流れていた。

「っ!?」

予想外の出来事に驚くと、その拍子に俺は何もないところで躓《つまず》いてしまう。

直後、勢いよく栞《しおり》の上に倒れそうになる――が、ベッドの上に手を置いてギリギリのところで踏みとどまった。おかげで、俺と彼女の間には数センチくらいしかない。

あ、危ねぇ……。もう少しで大事件になるところだった。

だけど、結果的にはギリギリセーフ。

「か、海人《かいと》くん、な、なな何してるの……?」

と思っていたけど、目の前には完全に起きちゃってる栞がいた。

……こいつ、なんてタイミングで目を覚ますんだ。

「落ち着け、栞。これは誤解なんだ」

「ご、誤解って、きょ、許可もなく私の部屋に入って……べ、ベッドに潜り込んで……」

「ちょっと待て。潜り込んではないだろ」

何とか弁明をしようとするが、栞は全く聞かず、それどころかどんどん顔が赤くなっていって――。

「……な」

「な？　ってなんだ？」

そう訊《たず》ねた瞬間、いきなり栞に突き飛ばされた。

「いでっ!?」

そのせいで、俺はベッドから盛大に転げ落ちる。


「なまら恥ずかしいべさ～！」


林檎《りんご》色の頬《ほお》に両手を当てながら、栞は部屋から飛び出していった。

……今のって、北海道弁？

「海人さん、いま栞が顔を真《ま》っ赤《か》にして出て行ったのですが、ひょっとして本当に襲ってしまったのですか？」

ひょっこりと出てきたのは京香《きょうか》さんだ。

「誤解ですって。ちょっと色々ありましたけど、断じて襲ったりなんかしていません」

「くすっ、冗談ですよ」

小さく笑ったあと、京香さんの視線があるところに止まる。

視線を追ってみると、その先には俺が手に持ったままの旅日記。

「それは栞の部屋に？」

「えっ……は、はい」

「そうですか。……あの子、まだ持っていたのですね」

京香《きょうか》さんは少し困ったような、でも喜んでいるような、そんな表情を浮かべていた。

「これって、栞《しおり》のお父《とう》さんの日記ですよね？」

「ええ。明人《あきと》さんは旅がとても好きで旅先から帰ってくると必ず日記を書いていました」

「その……栞のお父さんが旅好きだったことは、栞から聞いています。あとお父さんの影響を受けて彼女が旅行をしたがっていることも」

登別《のぼりべつ》の旅館——『凪《なぎ》の家《や》』に泊まった時に、栞が教えてくれたことだ。

ちなみに、俺と栞が『凪の家』で知り合ったことは京香さんたちに話している。

初めは父さんも京香さんも驚いていたが、それなら新しい家族になっても上手《うま》くいきそうだと喜んだ。……全然上手くいってない気がするけどな。

「あら、そうなのですか。……では、日記のことも聞いていますか？」

「？　なんのことですか？」

旅好きが書いてる普通の日記じゃないのか？

そんなことを考えていたら、京香さんは丁寧に話してくれた。

「栞は明人さんがどんな場所に行って、どんな景色《けしき》を見て、どんな気持ちになったのかを知るために——言ってしまうと、実際に明人さんがどんな旅をしてきたのかを知るために、彼の日記に書かれたところに行きたがっているのです」

「自分の父親がどんな旅をしてきたかを知るため……？」

初耳だった。栞が旅行に行きたい理由は、単純に父親の旅の話を聞いて行きたくなったからだと思っていたし『凪の家』で話した時、本人もそう言っていた。

「栞は旅館で働いていた時も、いつもその日記を読んでいました。ですが知っての通り、若女将《わかおかみ》としてのお仕事が忙しく、とても旅行に行く時間なんてなかったのです」

その後、京香さんは父さんとの再婚が決まると、すぐに『凪の家』の経営を親戚に任せて東京に引っ越してくることに決めたらしい。

それは父さんや俺にわざわざ北国まで来てもらうのは申し訳ないからと、もう一《ひと》つは栞と一緒に家族旅行に行く時間を作るためだ。

しかし、京香さんが栞に再婚のことを伝えて、これからは一緒に父親の旅日記に書かれている場所を巡ろうと伝えると、栞は「お母《かあ》さんの夢を叶《かな》えて！」と言ってきたらしい。

栞は、京香さんが民宿をやりたがっていて、そのために貯金をしていたことも知っていたみたいだ。

「栞のことを手伝おうとしていたのですが、逆に私の夢を応援されてしまいました」

何度同じことを言っても、栞は「お母さんには夢を叶えて欲しい！」の一点張り。

結局、娘に背中を押された京香さんは、父さんと一緒に民宿を始めることにしたのだ。

「ですから、私はこっちでは栞を働かせないようにしているのです。あの子には自分がやりたいことをして欲しいので」

「何日か前に、栞《しおり》が働かせてくれないって嘆いてましたね」

「……ほんとおバカさんですね。あの子は」

そう言う京香《きようか》さんは、穏やかな笑みを浮かべていた。

きっと栞も京香さんも、お互いのことが大好きなんだろうな。

「私としては、栞には好きなように楽しい旅行をして欲しいのですが……」

困ったように呟《つぶや》く京香さん。

栞のやつ、自分のことよりも母親の夢を優先したのか……。全然知らなかった。

俺は手に持っている旅日記に視線を移す。

栞が俺の旅行に連れて行って欲しいって頼んできた時から思っていたことだけど、何となく彼女は俺と一緒に旅行に行くことにこだわっているように感じる。

クラスメイトと一緒に旅行に行っても意味ないとか言ってたし。

この日記を見たら、彼女が俺との旅行にこだわっている理由がわかるんじゃないか。

そして、その理由次第では、俺は一度断った彼女の頼みをもう一度考え直した方がいいのかもしれない。

「あの、京香さんに訊《き》くのも違うと思うんですけど、この日記少し借りてもいいですか?」

「日記を?　その……何に使うのですか?」

若干不安そうに訊き返す京香さん。

当然だ。言わば、旅日記は栞の父親の形見みたいなものだからな。

「ちょっと読むだけなんですけどダメですか？　栞が帰ってくる前に必ず戻しておくので」

それに京香さんは顎に指を添えて、少し考える仕草を見せる。

「……わかりました。読むだけならいいですよ」

「ありがとうございます」

感謝したあと、俺は旅日記を持ったまま栞の部屋を出た。


「これすげぇな」

自室の椅子に座って旅日記を読み進めながら、俺は思わず言葉を漏らした。

分厚い本の一ページ一ページに、宝石のように輝くエメラルドグリーンの海や雪化粧された巨大な山々等、日本中どころか世界各地の美しい景色《けしき》の写真が貼られており、余白の部分には旅先での出来事についてぎっしりと書かれている。

これを読めば、栞の父親がどれだけ旅行が好きだったか一目瞭然だ。

「確かに、この日記を読んだらどこかに旅行したくなるよな」

旅日記には、一《ひと》つ一つの観光地の魅力が十分に詰まっている。

たぶん栞《しおり》の父親は、旅の良さを誰かに伝えるのが上手《うま》い人なんだと思う。

だからきっと栞も父親の話を聞いて、旅行に行きたくなったんだろう。

……でも、あいつが旅行に行きたい理由はそれだけじゃないんだよな。

先ほど京香《きょうか》さんが言っていたことを思い出す。

栞は今はもういない父親がどんな旅をしてきたかを知るために、旅行に行きたがっている。

栞の頼みを断った時、俺がクラスメイトと旅行に行けばいいって言ったら、彼女はそれだと意味がないと返したけど、その言葉の真意がようやくわかった。

栞の父親の旅日記には、数えきれないくらいの観光地が記されている。

それを全てとまではいかなくても、なるべく多く巡っていくにはかなりのペースで旅行に行く必要があるだろう。友達とたまに旅行に行く程度だと、全然足りない。

それに旅行に慣れていない人より慣れている人と一緒の方が、栞の父親がどんな気持ちで旅をしていたのか、よりわかるかもしれない。

だから栞は旅行の回数が多くて経験値もある俺に、一緒に旅行に行きたいと言ってきたんだ。

「父親の旅を知るために旅をしたい、か」

母《かあ》さんとの約束を果たすために旅行をしている俺からすると、栞の気持ちはよくわかる。

彼女がどれだけ旅行をしたいと思っているのかも。

「よいしょっと」

俺は立ち上がると、いつも使っている旅行用のリュックから一冊の本を取り出す。

それは放課後に買った山梨県のガイドブックだった。

「富士山はまた今度にするか」

その本を本棚に戻すと、俺はもう少しだけ栞の父親の旅日記を読むことにした。

◇◇◇

翌朝、俺は学校に行くために住宅街の通学路を歩いていた。

いつもなら一人《ひとり》で黙々と登校しているところだが、今回は少し違う。

「……あのさ、海人《かいと》くん」

「ん？　どうした？」

「その……どうして私たちは一緒に登校しているのかな？」

「そりゃ、俺が誘ったからだろ」

「それは……そうだけど」

栞は少し気まずそうに言葉を返す。

そう。今俺の隣には栞《しおり》がいる。一緒に学校に行こう、と誘ったときは、ぶっちゃけ断られるかもと心配したけど、割とすんなり承諾された。

「まあ実を言うと、栞に少し話があってな」

「……そんなの家で話せばいいと思うけど」

「父《とう》さんや京香《きようか》さんの前だと話しづらいことなんだよ」

「っ!? 二人《ふたり》の前だと話しづらいって……！」

「そうそう。学校だとクラスのやつもいて、なおさら話せないし」

「そ、そうなんだ……」

相槌《あいづち》を打ってくれる栞の表情はどこか緊張している。

少し様子がおかしいけど……まあ本題に入ったらきっといつもの彼女に戻るだろう。

「それでお前に話したいことっていうのは――」

「海人《かいと》くん！ 待って！ ストップストップ！」

不意に栞は両手を前に出して、俺の動きをストップしてくる。

な、何だ？ どうした？

「落ち着いて海人くん！ 義理とはいっても私たちは兄妹《きようだい》なんだよ！」

「お、おう。義理でも兄妹だな」

こいつは今更何を言ってるんだ？

「そうだよ！　だからいくら君が私のことを好きでも、お付き合いするなんてことは、その……絶対にダメだよ！」

「……は？」

いま俺が栞のことを好きとか何とか言ってたけど……。

俺の聞き間違いじゃないよな？

「……栞、お前とんでもない勘違いしてるぞ」

「勘違いなんてしてないよ！　君、今から私に告白をしようとしているんでしょ！」

「やっぱり勘違いしてるじゃねーか！　別に俺はお前に告白なんてしようとしてねーよ」

「……え？」

きょとんとする栞。いや、きょとんしたいのは俺の方だって。

「てか、どうして俺がお前に告白するって思ったんだよ」

「だって昨日、私のベッドに潜り込んできたのは、私のことが好きだからじゃないの？」

「あー、そういうことか。それは……マジでごめんなさい」

圧倒的に俺に非があったので、本気で謝った。でも潜り込んではないけどな。

「もう一度言うけど、俺はお前のことを好きになったわけじゃないから安心してくれ」

「……じゃあ好きでもないのに、あんなことしたの？」

「え、えーと、あの……土下座するからもう勘弁してくれない？」

その後、昨日の件をちゃんと弁明すると、栞《しおり》はようやく納得してくれた。

次いで、俺はようやく本題に入ることにする。

「今から栞に話したいことなんだけど……って、なんで顔隠してんの？」

「だって私とんでもない思い違いをしていたんだよ。もう北海道の雪で埋もれて雪だるまになりたい気分……」

そんな栞は両手で顔が隠れたままだけど、耳は真《ま》っ赤《か》っかだ。

このまま冬の北海道に連れて行ったら、本当に雪だるまになってしまいそう。

「ごめんなさい、話を途切れさせちゃって。……それで私に話したいことって？」

「あぁ、それはな、その……この前のことなんだけど……」

栞はぽかんとする。……全然伝わってないな。

「栞が俺の旅行に連れて行って欲しいって言ってたろ？」

「う、うん。でも海人《かいと》くんは断ったでしょ」

「そう、そうなんだけど……えっと……」

おかしいな、もっとすんなり言えるはずだったんだけど……。

よくよく考えたら異性にこんなこと言うの初めてだし、緊張しているのかもしれない。

「海人くん？」

栞は澄んだ瞳で不思議そうに見つめてくる。

その時ふと昨日、ベッドの上で彼女が涙を流していたことを思い出した。

きっと父親の旅日記を読んで、思わず泣いてしまったんだろう。

それくらい栞は父親のことが本当に大好きだったんだ。

確かに最初は断ってしまったけど、今はちょっとだけ栞のことを手伝ってもいいかなって思ってる。

だから——。


「あのさ……俺の旅行、付いて来るか？」


少し緊張した声で訊《たず》ねると、栞は一瞬、時が止まったみたいに動かなくなってしまう。

若干心配になると、彼女は少し経《た》ってからハッと我に返って、

「ほ、本当に私、海人くんの旅行に付いて行ってもいいの……？」

「おう。ただし、栞が前に言ったみたいに一人《ひとり》旅を二人《ふたり》がする感じで……旅行中、俺はお前を放っておいて好きにするから」

俺が忠告すると、急に栞はこちらに近づいてきて、

「それでもいい！　海人くん、ありがとう!!」

ぎゅっと俺の両手を握って、感謝の言葉を口にした。

彼女はとびきりの笑みを浮かべていて、心の底から喜んでいるのがわかる。

一方、俺は唐突なボディタッチに心拍数が勢いよく上がってしまった。

「でも、なんで？　この前はダメって言ってたのに……」

「そ、それはな……すまん栞《しおり》。先に謝っておく」

俺の言葉に、栞はぽかんとする。

それから俺は栞の父親の旅日記を読んだこと、栞が自分の父親がどんな旅をしてきたのか知るために旅日記に書かれている場所に行きたがっているのを知っていることを話した。

「そっか……全部知ったんだね」

「ごめんな、お前に許可なく父親の日記を読んじゃって」

「ううん、全然いいよ。お父《とう》さんも海人《かいと》くんみたいな旅行が好きな人に読んでもらえたら、きっと喜んでると思うし」

栞は優しく微笑《ほほえ》んで、そう言ってくれた。

「だけどお前、どうして俺に旅行に一緒に行きたいって頼むときに日記のことを話さなかったんだ？　そしたら俺だってもう少し考えたのに……」

「そんなこと言っちゃったら、海人くんを利用しているみたいで悪いでしょ」

栞は俯《うつむ》いて、申し訳なさそうに語る。

しかしすぐに顔を上げると、グイッとこっちに迫ってきて、

「言っておくけど、もちろんお父さんがどんな旅をして、どんな気持ちになったのかも知りたいけど、私が海人くんと一緒に旅行したいって思っているのは本当だからね！」

「そうなのか？　てっきり俺はお前の目的にとって都合がいいからだけなのかと……」

「そんなわけないでしょ！　『凪《なぎ》の家《や》』で君から聞いた旅行の話、とても楽しかったの！　君と一緒に二人《ふたり》で旅行に行ったら絶対に楽しいだろうなって思ったんだよ！」

栞は一言話すたびに、一歩また一歩と前に出てくる。

そのせいで彼女の綺麗《きれい》な顔が視界いっぱいになって、また段々と鼓動が速くなっていく。

妹に近づかれたくらいで動揺するな。俺はこいつの兄だぞ。

「栞の言葉は嬉《うれ》しいけど……もう一度言うが、今回の旅行は前にお前が言ったように一人《ひとり》旅を二人でするからな」

要するに、二人で同じ観光地には行くけど、一緒に楽しむわけじゃなくて各々《おのおの》で楽しむってこと。

一人旅を二人でする感じでもいいって言ったのは栞だけど、詳しい内容はこっちで決めさせてもらった。それだけ俺にとって一人旅は簡単には譲れないのだ。

――ということを栞に話すと、

「つまり、私たちは『二人一人旅』をするってことだね！」

「二人一人……？　何言ってんだ？」

「だって二人《ふたり》で一人《ひとり》旅をするんでしょ？　だから『二人一人旅』だよ！」

ちょっとドヤ顔をしてくる栞《しおり》。

確かに上手《うま》いこと言ってるかもしれないけど……なんか腹立つなぁ。

「でも意外だな。少しは文句とか言ってくると思ってた」

「私が先に言い出したことなんだし、そんなことしないよ。それに旅行中、お互い観光を楽しむってことは、その間私はどこにいてもいいってことだもんね！」

「まあそうだけど……」

なーんか嫌な言い方なんだよなぁ。

「ねえ海人《かいと》くん、絶対楽しい旅行にしようね！」

「まだ予定も何も決まってないのに……気が早すぎだろ」

「えっ、だって河口湖《かわぐちこ》に行くんじゃないの？」

「お前の父親の日記だと、河口湖には冬に行ってたんだ。だったら冬に行かないと意味ないだろ」

そう話すと、何故《なぜ》か栞がぽかんとしていた。

「なんだよ、その反応」

「う、ううん。その……ちゃんと私のこと考えてくれてるんだなぁって」

「っ！　お、俺はどんな旅行でも完璧な旅行にしたいんだよ！　だからこれくらい当然だし、言っとくけどお前のためじゃないからな！　俺のためだから！」

大声で必死に主張するが、物凄《ものすご》い勢いで顔が熱くなってくる。

栞の方も、徐々に頬《ほお》が赤くなっている気がした。

「海人くんとの旅行、もう楽しみになってきたかも」

「……そ、そうかよ」

「うん！　そうだよ！」

まだ頬がほんのり赤いまま、栞はニコッと笑った。

……くそ、妹なのに可愛《かわい》いと思ってしまった。

「その……話も終わったことだし、さっさと学校に行くか」

「そうだね！　そうしよっか！」

栞は旅行に行くことが決まって嬉《うれ》しいのか、鼻歌を歌いながら歩いていく。

これでもう昨日までみたいな気まずい感じはなくなったな。

……良かった。

こうして俺と栞は二人で旅行を――いや、『二人一人旅』をすることになった。

○第二章　同い年の妹と初めての旅行

俺と栞《しおり》が旅行することに決まった朝から学校での一日を終えて、帰宅した俺たちは早速リビングで旅行の計画を練っていた。

「まず行き先を決めたいんだけど……栞のお父《とう》さんの日記を見せてくれないか？」

「お父さんの日記？　うん、わかった」

栞は二階に上がって、彼女の部屋から旅日記を持ってきてくれる。

何度見ても分厚い本だよな。俺は旅日記をローテーブルの上に置くと、一ページずつめくって二人《ふたり》で行けそうな場所を探す。当然ながら海外は無理だ。金銭的に破産する。

だから国内で探していくのだけど、栞の父親がどんな旅をしたのか知るためには、彼が実際に行った時期と、俺と彼女が旅行に行く時期が重なる場所がいい。

となると、行き先の候補は……。

「福岡県の北九州市《きたきゅうしゅうし》、北海道の函館市《はこだてし》、長野県の茅野市《ちのし》か」

北九州市は、二十種類以上の藤が咲いている河内藤園《かわちふじえん》が超有名。

函館市には、百万ドルの夜景で全国的に知られている函館山がある。

茅野市は、大自然を鏡のように映すため池の御射鹿池《みしやかいけ》が名所だ。

「綺麗《きれい》……」

旅日記に貼られている写真を見て、栞はちょっと見惚《みと》れていた。

ずっと旅日記を持っていたんだから、お前は見たことあるだろうに。

「栞はどこがいい？」

「え？　私が決めていいの？」

「勘違いするなよ。常に完璧な俺の旅行に付いて来る以上、お前には楽しんでもらわないと困るだけだから」

「あー、そういえば海人《かいと》くんって〝完璧くん〟なんだよね」

栞はからかうように言う。小学生が付けそうなあだ名を付けるな。

「……で、どこに行きたいんだよ？」

「そうだなぁ……やっぱり函館に行きたいな！　旅行先で夜景を見るのって、ずっと旅行に憧れていた私にとって一《ひと》つの夢だから！」

栞は透き通った瞳を煌《きら》めかせている。

確かに夜景を眺めるって、旅行の醍醐味《だいごみ》の一つかもな。

「それに最初の旅行は、お父さんと過ごした北海道が一番いいかなって」

「……そうかもな」

栞《しおり》がちょっとだけ寂しそうに言うと、俺は小さく頷《うなず》いた。

「俺たちの行き先は、函館《はこだて》で決まりだな」

「じゃあ今度の休日は函館旅行だね！　楽しみだな～！」

栞はウキウキ気分で、旅日記に貼られている函館山の写真を眺めている。

「はい、ストップ栞さん。お前は大きな勘違いをしているぞ」

「……？　私、何か間違ったこと言ったかな？」

「言っておくが、函館にはまだ行かない」

「そうなの……？　何か理由でもあるの？」

栞の質問に、俺は丁寧に説明した。

ずっと旅館で若女将《わかおかみ》だった栞は旅行には一度も行っていなくて、修学旅行にすら参加したことがない。

そんな彼女がいきなり宿泊ありの函館旅行をしたら、旅行をすることに体が慣れていなかったり北海道とはいえ元々住んでいた登別《のぼりべつ》と函館では気候も違ったりすることが原因で、体調を崩すかもしれない。

実際、栞が東京に引っ越してすぐの時、一日くらいで治ったとはいえ若干体調を崩していた。旅行となれば一日潰れてしまうのは大変なことだし、観光地を巡ったり色々動いたりするから、より体調を崩しやすくなるだろう。

「だからまず俺としては、栞が旅行に慣れるために日帰り旅行をしたい」

説明の最後に俺がそう伝えると、栞は微妙な表情を見せる。

「で、でも……」

「体調崩して、函館山の夜景が見れなかったら意味ないだろ？」

俺が言うと、栞はうーん、うーんと悩ましげに右へ左へ首を傾けて、

「……わかった。海人《かいと》くんの言うとおりにする」

そう返しつつも、しゅんとする栞。

相当、彼女の父親の旅日記に記されている函館に行きたかったんだろう。

「そう落ち込むなよ。日帰り旅行も楽しいぞ」

「別に楽しくなさそうなんて思ってないよ」

栞は残念そうに顔を俯《うつむ》けている。

こりゃ暫《しばら》くは落ち込んでそうだな……と思っていたら、不意に彼女はくすりと笑った。

「どうした急に」

「だって海人くん、観光地についたら行動は別々とか言ってたのに、随分と私に気を遣ってくれるんだなぁって」

「あくまでも完璧な旅行にするためだ。お前のためじゃない」

きっぱり言ってやると、栞はほんとかな？　みたいな疑いの目を向けてくる。

本当だっつーの。

「ちなみに、旅先では本当に行動は別々だからな。覚えておけよ」

「いいよー。お互い自由に行動しようね」

栞《しおり》は妖しく微笑《ほほえ》む。こいつ、やっぱり変なこと企《たくら》んでる気がするんだけど……。

「それで、日帰り旅行はどこへ行くの？」

「そうだなぁ……」

色々候補はあるけど、学校にいる間だと絞り切れなかったんだよな。

栞の意見を聞くにしても、もう少し候補地の数を少なくしてからにしたい。

「まあ一晩かけて、じっくり考えるわ」

「ふーん、じっくり考えてくれるんだね」

「何度も言ってやるが、お前のためじゃないからな。全部俺のためだから」

「はいはい、わかってるよ～」

そう言いつつも栞はニヤニヤしながらこっちを見てくる。全然わかってないじゃん。

……まあいい。それよりも最後に彼女に伝えておかないといけないことがある。

「栞、明日の放課後は予定空けておいてくれないか？」

「明日？　別にいいけど、どうして？」

「少し栞と一緒に行きたい場所があるんだ。たぶんお前が喜びそうなところ」

俺の言葉に、栞は不思議そうに首を傾《かし》げる。

これだけじゃ、さすがにわからないか。そう思った俺は話を続けた。

「明日行きたい場所っていうのはな――」

◇◇◇

翌日。放課後を迎えると、二人《ふたり》して俺のバイト先――『トラベル・アイバ』にやってきた。ニュアンスでわかると思うけど、この店は旅行グッズ専門店である。

旅行グッズ専門店というだけあって、数多くの旅行グッズが店内のあらゆるところに陳列されていた。

「海人《かいと》くん、本当にこんなところで働いているの？」

「まあそうだけど」

「いいな～！　テレビで見たことあったり、逆に全く見たことない旅行グッズが沢山あって、ここで働いたらすごく楽しそう！」

栞が心底羨ましそうな声を出す。旅行に行きたがっているなら彼女を旅行グッズの店に連れてきたら喜ぶかなって思ったけど、想像以上に良い反応をしてくれたな。

それから俺たちは店内を歩くが、栞はずっと旅行グッズを眺めながら瞳を輝かせていた。

「おっ、月島《つきしま》くんじゃ～ん」

後ろから声を掛けられて振り返ると、気さくなお姉《ねえ》ちゃん的な女性が近寄ってきていた。

「愛葉《あいば》さん、お久しぶりです」

女性に向かって、俺は軽く会釈をして挨拶をする。

彼女の名前は愛葉葵《あおい》さん。

この『トラベル・アイバ』の店長の娘であり女子大生で、俺のバイトの先輩だ。

髪を染めて耳にピアスつけたりしているけど、性格はかなり優しい。

「今日って月島くん、シフト入ってたっけ？」

「いえ、今日は普通に買い物をしに来ただけです。あと俺、もう月島じゃないんで」

「あ～そっか。名字変わったんだっけ？　……なんだっけ？」

「冬凪《ふゆなぎ》ですよ。いい加減覚えてもらえますか？」

「いや～お姉さん物覚え悪くてさ～」

愛葉さんはヘラヘラと笑う。父《とう》さんが再婚したことを伝えて以来、かれこれこんなやり取りを五回以上繰り返しているけど……この人、全く覚える気ないな。

「ねえ海人《かいと》くん、見て見て！　こんなものを見つけたよ！」

興奮気味に俺を呼ぶ栞《しおり》は、どこから持ってきたのか真っ白な髭《ひげ》をつけて星形の縁のメガネをかけていた。……アホすぎるだろ。

「そのダサい格好は、一体なんだよ」

「余興用だって！　面白いでしょ……っ!?」

途中で言葉が止まると、栞の視線は愛葉さんの方へ。

「どうも～可愛《かわい》い格好だね～」

「あっ、えっ……こ、こんにちは」

栞は素早く髭とメガネを外すと、小さい声で挨拶を返した。

そんな彼女の頬《ほお》はみるみる赤く染まっていく。

「もしかして、海人くんの彼女？」

「そんなわけないですよ。あいつは俺の妹です」

「妹？　月島くんに妹なんていたっけ？」

「新しい母親に娘がいたんです。その子があいつ」

「あ～なるほどね～」

愛葉さんは納得すると、栞の方へ近寄っていく。

「私は愛葉葵ね。面倒な仕事を全部やってくれる海人くんにはいつも助けられてるんだ～」

「あっ、えっと……冬凪栞です。海人くんが大変お世話になっております」

丁寧に挨拶を交わす二人《ふたり》。俺って面倒な仕事押し付けられてんの？　初耳なんだが。

「それで、今日は何を買いに来たのかな？」

「今度、栞《しおり》と旅行することになったんですけど、こいつが旅行初心者だから色々必要な物を買おうかなって」

「兄妹《きょうだい》で旅行って早速仲いいね〜。まあゆっくりしてってって」

愛葉《あいば》さんはそう言うと、どこかへ行ってしまった。店員なのに探すの手伝ってくれないのかよ。あの人、仕事デキルくせに仕事好きじゃないからなぁ……。

「じゃあ旅行に必要な物、探していくか」

「うん！　了解だよ！」

「……その余興用の道具は必要ないぞ」

「旅行には持っていかないけど、時々海人《かいと》くんを笑わせるために使おうかなって！」

栞は楽しそうな笑顔を向けてくる。そんなもので笑うほど、俺はお子様じゃねーわ。


「そういやお金は持ってきたか？」

「もちろん！　言われた通り持ってきたよ！」

栞は財布から諭吉《ゆきち》さんを出して、自慢げに見せびらかす。いや、不用心過ぎるだろ。

「若女将《わかおかみ》の時、いっぱい稼いだからお金の心配はいらないからね！」

「なんか生々しいな。まあこの店は比較的安いから、諭吉は一枚も使わないと思うけど」

「そうなの？　せっかく沢山持ってきたのに……」

残念そうに財布の中を眺める栞。一体いくら持ってきたんだ……。

それから俺たちはまず収納グッズコーナーに移動する。

旅行する上で収納って、めっちゃ大事だからな。

「収納グッズって言っても色々あるんだね〜」

栞は興味深そうに目の前に陳列されている商品を眺めている。

「俺のおすすめはこの折りたたみバッグだな」

「それ結構大きいけど、ほんとに折りたためるの？」

単行本が10冊くらい入るサイズのバッグを手に持つと、栞は怪訝《けげん》な声音で訊《たず》ねてくる。

このバッグを初めて見た人は大体、彼女と同じ感想を抱くんだよな。

「ちゃんと折りたためるって、こうして……ほら！」

一分もかからずに折りたたんでみせる。

小さくなったバッグを見ると、栞は宝石みたいな瞳をキラキラさせて、

「ほんとだ！　私の手くらいの大きさになっちゃった！」

「お土産《みやげ》とか買い過ぎて用意していたバッグに荷物が入らなくなった時とか使えるし、割と便利だぞ」

「たしかに旅行に行ったら、ついつい買いすぎちゃうことってあると思うし便利かも！

じゃあそれ買っちゃおうかな！」

「お、おう。即決か」

自分で勧めたとはいえ、随分と思い切りいいな。

そう思いつつ栞《しおり》が手を出してくるので、俺は折りたたみバッグを渡す。

「ねえ海人《かいと》くん、他に旅行に役立ちそうなものってどんなものがあるの？」

「えっ、そうだなぁ……」

それから俺が首を固定して寝られるネックピロークッション、荷物に付ける花柄のネームタグ等、何個か便利な旅行グッズを紹介する。

すると、栞はその全てを買い物かごに入れてしまった。どんだけ金持ってんだよ……。

「実は私ね、こうやって同い年の子と出かけたりするの初めてなんだ」

依然、二人《ふたり》で店内を歩いていると、栞が不意に言いだした。

「えっ……あっちで友達と遊んだりしなかったのか？」

「前にも言ったけど、私は若女将《わかおかみ》でお仕事が忙しかったから」

「だからって、遊ぶ暇もないのかよ……」

彼女が働いていた旅館の『凪《なぎ》の家《や》』は歴史ある老舗《しにせ》旅館だから、それくらい当然なのかもしれない。……でも、年頃の女子が友達と遊ぶことすらできないっていうのは、かなり辛《つら》いだろう。

「心配しないで海人くん。君のおかげで、いま私すごく楽しいから！」

「っ！　べ、別に心配なんてしてないから」

急に笑いかけられて、心臓が高鳴ってしまう。

最近よく感じることだけど、栞の言葉ってなんというか、純度が高すぎるよな。

「どうする？　まだ旅行グッズ見てみるか？」

「うん！　もっと見てみたい！」

栞の要望に応えて、俺たちはもう少し店内を回ってみる。

その途中、彼女はこっそり何かを買い物かごに入れた。

「？　何を入れたんだ？」

「えっ、なにも入れてないよ？」

「は？　いやいや、何か入れたろ」

「いやいやいや、本当になにも入れてないよ」

栞はすっとぼけた顔で否定し続ける。絶対に何か入れていたんだけどな。

……けどまあ、もしかしたら俺に見せたくないものなのかもしれないし、これ以上訊《き》くのはやめておくか。女子には色々あるって聞くし。

その後、栞は会計をするが、その時も俺に、先に店から出ておいてと言ってきた。

やっぱり余程俺に見られたくない何かを買ったんだろう。

俺は言われた通り、店の外で栞《しおり》の会計を待つことにした。

とりあえずこれで旅行の準備は万全だ。栞はいつでもどこにでも出かけられると思う。

あとは、日帰り旅行の行き先を彼女に伝えるだけだ。


買い物を終えて店を出たあと、俺たちは一緒に帰り道を歩いていた。

空は茜色《あかねいろ》に染まっていて、夕日が綺麗《きれい》に輝いている。

「海人《かいと》くん、今日は本当に楽しかったよ！　連れてきてくれてありがとう！」

「俺はただ旅行するのに必要だったから連れてきただけだ」

「それでもありがとうって言わせてよ！」

栞の真っすぐな言葉と笑顔に、思わず顔を逸《そ》らしてしまう。

そんなに素直に言葉に出されても、どう反応すればいいかわからん。

「あのさ、昨日話した日帰り旅行についてなんだけど……函館《はこだて》に行く前に二回やろうと思ってるんだ」

「日帰り旅行を二回？」

「そうだ。そっちの方が栞がより旅行慣れするし、函館旅行の時に体調を崩す心配も減ると思うんだ」

最悪なのは函館旅行の時に、琹の体調が崩れてまともに旅行できなくなってしまうこと。

その不安を少しでも無くすなら、正直日帰り旅行を一回しただけだと足りないだろう。

なにせ彼女は、まだ人生で一回も旅行をしたことがないのだから。

「わかった！　いいよ！」

「いいのか？　昨日までは日帰り旅行に行くの、ちょっと渋ってたのに」

「だって私のためにそうしようって言ってくれてるんでしょ？」

「いや、全くお前のためとかじゃない」

「自分のためって言うんでしょ？　大丈夫だよ！　私は全部わかってるから！」

琹はご機嫌そうにしている。確実に全くわかっていない顔だな。

俺は本当に自分のために、琹に完璧な旅行を提供しようとしてるだけだ。

父親がどんな旅をしてきたのか知ってみたい、という琹の願いを叶《かな》えたいとは思ってるけど、それ以外の部分で特に彼女のことを考えたりはしていない。

「それにね、別にほんとに私のためじゃなくてもいいんだよ！　早く函館に行ってみたいけど、旅行好きな海人くんとの旅行が増えるのは楽しそうだし！」

琹がニコッと笑うと、不意打ちを食らったように俺の顔が熱くなっていく。

きょ、許可が出たことだし、早速本題に入るとするか。

「……で、とりあえず一回目の日帰り旅行の行き先について考えてきたんだけど」

「ほんと!? 聞かせて聞かせて！」

栞《しおり》が物凄《ものすご》い勢いで食いついてきた。

しかもめっちゃ近づいてくるし、彼女のパーソナルスペースはどうなってんだ。

「そ、その……栃木の日光《にっこう》とかどうだ？」

「にっこう……？」

訊《たず》ねてみると、栞はきょとんと首を傾《かし》げた。

ひょっとしたら、北国の人にはあまり馴染《なじ》みがないのかもしれない。

「日光はな、東京から電車で二時間くらいで行けて、都内に住んでいる人からすると日帰り旅行の定番スポットなんだ」

「そうなんだね～全然知らなかったよ！ それでにっこう？にはどんなものがあるの？」

「色々あるぞ。江戸時代に建てられた神社の日光東照宮《とうしようぐう》だったり、全国的に有名な鬼怒川《きぬがわ》温泉だったり」

「鬼怒川温泉は知ってる！ そっか、日光ってところにあったんだね」

そう言ってから、栞は顎に指先を添えて、思案する仕草を見せる。

暫《しばら》くして、彼女は一回だけ大きく頷《うなず》いた。

「うん！ 今度の日帰り旅行は日光にしようよ！」

「そんなあっさり決めていいのか？ 別に嫌だったら嫌って言っていいんだぞ」

嫌な場所に旅行しても、楽しくないからな。

「ううん、嫌じゃないよ。ほんとに楽しそうだなって思ってる。それに海人《かいと》くんが昨日から考えてきてくれたんだもん。だったらそこが一番いい！」

「そ、そうか？　なら良いんだけど……」

「はい、もう決まり！　今度の日帰り旅行は日光で決定！」

琹はパチンと手を叩《たた》くと、正式に日光旅行が決まった。

直後、彼女は少しソワソワしだす。

「日帰りだけど私の人生初めての旅行だよ！　なんだかもう楽しみになってきちゃった！」

「次の休日に日光に行くつもりではあるけど……それにしても早すぎだろ」

でも、人生初の旅行だったら無理もないのかもしれない。

俺も初めて一人《ひとり》旅をする時は、彼女と似たような感じだったし。まあ俺の場合は楽しみ半分、緊張半分くらいだったけど。

「海人くん、今度の旅行一緒に楽しもうね！」

「何言ってんだよ。観光地までは一緒に行くけど、観光するのは別々だからな」

「あっ、そういえばそうだった」

琹はいま思い出したかのような反応をする。こいつ、まじで忘れてたな……。

「『二人《ふたり》一人旅』だよね！」

「そういうことだけど……その呼び方どうにかならないのか？　聞いているとこそばゆくなるんだけど」

「いいネーミングでしょ？」

「どこがだよ」

自慢げな表情を浮かべている栞《しおり》に、俺は少し呆《あき》れる。

「あと伝えておくけど、栞が俺の旅行に付いてきていいのは函館《はこだて》旅行までだからな」

「えっ、そうなの？」

「当然だろ。俺は一人《ひとり》旅の方が好きなんだから。ずっと付いてこられるのは困るんだ」

わざわざ明かす必要もないので母《かあ》さんとの約束のことは伏せて俺はそう言った。

「海人《かいと》くんのケチ。……でも、そうだよね。わかった！　約束する！」

そんなやり取りをしていると、不意に栞のスマホが鳴った。

彼女は制服のポケットから取り出して、画面を確認する。

「海人くん、早く一緒に帰ろう。お母さんたちが晩ご飯用意してるって」

「まじか。そりゃ急がなきゃいけないな」

俺たちは慌てて帰り道を歩き出す。

「ねえ、海人くんは今度の私と一緒に行く旅行楽しみかな？」

「旅行はいつだって楽しみに決まってんだろ。誰と行くとか関係ない」

「……もしかして照れ屋さん？」

「そんなわけねーだろ」

俺が言葉を返すと、栞はくすりと笑った。何が面白いんだか……。

その時、ふと思った。

ついこの間までは一人で帰って、父《とう》さんの仕事も忙しかったから一人でご飯を食べることが当たり前だったのに……今はこうして義理の妹と一緒に帰って、帰ったら家族でご飯を食べられる……なんか不思議な感覚だった。

こうして俺と栞は今度の休日に、日光《にっこう》に日帰り旅行をすることに決まった。

そして数日があっという間に過ぎ、日光旅行の当日を迎えたのだった。

◇◇◇

日光旅行する当日の朝。自室で荷物を確認した後、最後にいつものようにロケットペンダントを首にかけてから、部屋を出る。

「……栞、準備できたか？」

栞の部屋の前に静かに移動すると、声を掛けた。

父さんと京香《きょうか》さんは寝ているので、声量は小さめだ。

二人《ふたり》には旅行することは伝えていて、ぜひ楽しんできてと言われた。

「ごめんなさい……。待たせちゃったよね」

「いや、まだバスの時間には余裕あるし全然大丈夫だ」

準備が終わった栞《しおり》が部屋から出てくると、俺はスマホで時間を確認してそう返す。

今日はこれからまず日光《にっこう》駅に向かうのだが、その前に自宅近くのバス停から浅草《あさくさ》駅までバスに乗って、次に浅草駅から電車で日光駅に行く、というルートだ。

「忘れ物ないか？」

「うん。昨日の夜から二十回くらい確認したもん」

「に、二十回って……」

栞からはめちゃくちゃワクワクしているというのが、明らかに見て取れる。

旅行が待ち遠しくて……ってことか。

「じゃあ、そろそろ行くか」

「そうだね、行こう……ふわぁ」

栞は小さくあくびをする。

「お前、大丈夫か？」

「大丈夫だよ。今日が楽しみすぎて、昨日なかなか寝られなかっただけだから」

「遠足前の子供かよ」

でも、高2になって人生で初めての旅行だし、栞はずっと旅をしてきた父親のように旅行をしたがってたんだ。寝れないくらい楽しみになるのは仕方ないだろう。

「移動中とか寝っててもいいぞ。起こすかどうかわからんけど」

「ありがとう、海人《かいと》くん」

栞が控えめな声で、お礼を言ってきた。

「起こすかわからないって言ってるのに」

「海人くんはそんなことしないよ」

「……お前は俺の何を知ってんだ」

「なんだかんだで優しい人」

互いに声を抑えながら、会話を交わす。なんだかんだって……喜んでもいいのか？

疑問に思いつつ玄関に移動すると、先に俺がドアノブを持つ——が、すぐに離した。

「お前が開けるか？」

栞に訊《たず》ねると、彼女は一瞬キョトンとしてからすぐに何かに気づく。

「うん、開ける」

栞はこくりと頷《うなず》いてから、ドアノブに手をかける。

「行ってきます、お母《かあ》さん、武志《たけし》さん」「行ってきます」

二人して、まだ寝ている父《とう》さんと京香《きょうか》さんに小さな声で挨拶をする。

そして──栞《しおり》は音を立てないように静かに扉を開けた。

まだ朝早いためか住宅街は静寂に包まれていて、早朝の清々《すがすが》しい空気が若干の眠気を覚ましてくれる。それに加えて、空は気持ちがいいくらいの快晴だった。

「綺麗《きれい》な空だね」

「そうだな。今日はいい旅行になりそうだ」

栞の人生初の旅行だから、さすがに神様が味方してくれたのだろうか。

「海人《かいと》くん、早く行こうよ」

「はいはい。……あっ、でも観光地についたら別行動だからな」

「わかってるよ。だから行こう」

栞は待ちきれないのか隣から急《せ》かしてくる。本当にわかってんのかよ……。

それから俺たちは一緒にバス停へ歩いていく。

こうして栞の人生で初めての旅行が始まった。

そして、こんな風に誰かと喋《しゃべ》りながら目的地に向かうのは俺も初めてだった。

◇◇◇

「日光《にっこう》に着いた～！」

自宅からバスと電車を使って移動すること約二時間。

栞が言った通り、確かに日光には着いたが……。

「まだ日光駅だけどな」

「それでも日光だよ！」

栞は頬《ほお》を膨らませて反論してくる。いや、まあそうなんだけどさ……。

「前もって決めていた計画通り、ここからまたバスに乗って日光東照宮《とうしょうぐう》に向かうぞ」

「最初の観光地だね！　ちょっとドキドキしてきたかも」

「頼むから、興奮し過ぎて倒れたりすんなよ」

「そ、そうだね……海人くんに迷惑かけちゃうもんね」

忠告すると、栞はしょんぼりする。別にそういうつもりで言ったわけじゃないんだが。

「まあ何かあったら俺に言え。酔い止め、風邪薬、冷却用シート、絆創膏《ばんそうこう》、どんな事態になっても大丈夫な用意はしてある」

言葉に出したものを順番に手に持って見せていくと、栞は目をぱちくりさせる。

それから、彼女はニコッと笑った。

「さすが〝完璧くん〟だね。じゃあ何かあったら海人くんに言おうかな」

栞は安心したように言う。もしや、そのあだ名はもう決まりなのか？

「あと一緒に観光もしようね！」

「それは嫌だ」

「勢いでいけると思ったのに」

「お前なぁ……」

また頬《ほお》をふくらませてむくれる栞《しおり》に、俺は呆《あき》れたようにため息を吐《つ》く。

次いで二人《ふたり》でバスに乗ると、俺たちは『二人一人旅《ひとり》』の最初の観光地へと向かった。

◇◇◇

日光駅《にっこう》からバスで移動することおよそ十分。

俺たちは日光で定番の観光スポット——日光東照宮《とうしょうぐう》の表門に到着した。

周りを背の高い木々で囲まれており、まだ表門とはいえ近辺には幾つか建築物があり、どれも古めかしいものばかり。現代っぽいものは一切ない。

加えて、一つ《ひと》一つの建物からは神秘的なものを感じて、見ているだけで別に悪いことはしてないのに浄化されそうな気分になる。

「まるで大昔にタイムスリップしてきたみたい……」

そんな言葉を口にしている栞は、透き通った瞳を今までにないくらい煌《きら》めかせていた。

彼女が言った通り、何百年も前の世界にいるかのような感覚だ。

「海人《かいと》くん、海人くん！　早く中に入ろうよ！」

待ちきれないのか栞《しおり》は少し前で表門を指さして、俺のことを呼ぶ。

休日のため観光客が多く、みんなが楽しそうに談笑しながら表門を通っていた。

「よし、じゃあ予定通りここからは別々で行動しよう」

俺が敢《あ》えて大きめの声で言うと、栞はまるで初めて聞いたかのように目を丸くする。

いやいや、事前に何回も言ったよね。

「ほんとに別々で行動するの？　さっきは何かあったら俺に言えって言ってたのに」

「安心しろ。この世界にはスマホという超便利アイテムがある。困ったら遠慮なく呼べ」

「そっかぁ……えーと、海人くんの番号は――」

「もう呼ぼうとすんなよ!?」

スマホをいじっている栞に指摘すると、彼女はムッとする。

「もう、わかったよ。海人くんの言うとおりにする」

「どう見ても納得している表情に見えないけど……じゃあ今から別行動で」

最後に「解散」と口にすると、俺は一人《ひとり》で歩いていく。

まずは拝観受付所で拝観券を買わないと。そこからは――。

「まだ表門なのに、あんなところに塔みたいな建物があるんだね！」

そこからは、えっと……

「あそこでお守り売ってるんだ！　帰りに買っちゃおうかな！」

……はぁ。

「おい、栞」

「ん？　どうしたの？」

「なんで俺の後ろを付いて来るんだよ。別行動って言ったろ？」

「別行動してるよ？　たまたま海人くんと行きたい場所が同じなだけで」

「とんでもない嘘《うそ》をつくな……わかった。じゃあ俺はここで一旦止まってるから、栞は先に行っていいぞ」

「偶然だね。私も止まりたい気分になっちゃった」

「そんな偶然あるか！」

そう言っても、栞は全く引く気がない。どうしても別行動は嫌みたいだ。

「海人くん、自慢じゃないけど私はかなりの方向音痴なの。一人にされたら迷って何度も電話を掛けることになるよ。それって海人くんにとても良くないことだと思わない？」

「方向音痴って……どんくらいだよ」

「幼い頃からロクに出かけたことないくらい、って言ったらわかりやすいかな」

栞はなぜか少し自慢げに言ってきた。彼女は小さい頃、若女将《わかおかみ》の修業と仕事で忙しかったらしいし……本当にとんでもない方向音痴なのかもしれない。

俺は一人《ひと》旅がこの上なく好きだし、当然ながら旅先では一人で観光したい。

しかし、もし栞《しおり》が迷子になって、考えに考え抜いた旅行の予定がめちゃくちゃになったら、俺の旅行キャリアにキズが付く可能性が……。

「一緒には行動しない……けど、勝手に付いて来るのは好きにしろ」

「うん！　勝手に付いて行くね！」

栞は嬉々《きき》として言葉を返すと、ぴったりと俺の後ろを付いて来る。本当は一人でゆっくり見て回りたかったけど、俺の旅行キャリアを守るためには仕方ないか。


拝観受付所に着くと、俺と栞は拝観券を購入した。

日光東照宮《にっこうとうしょうぐう》では、無料で観光できる場所と拝観券がないと観《み》られない場所がある。でも拝観券が必要なところは日光東照宮のメインスポットなので、基本的には観光客はみんな拝観券を買っていく――と、ずっと後ろを付いてくる栞に説明すると、

「この券があったら、どこへでも行きたい放題ってことだね」

「日光東照宮の中だけ、な」

次に俺たちは拝観券を使って、日光東照宮内の広場へ入る。

すぐに視界に入ったのは木造の神厩舎《しんきゆうしや》で、それには全国的に有名な三匹の猿の彫刻が彫

られていた。

　一匹は目を隠しており、一匹は口を塞いでおり、一匹は耳を塞いでいる。

「あれって〝見ざる言わざる聞かざる〟だよね？　テレビで何回か観たことあるけど、実物は初めて見たよ！」

　栞は三匹の猿——三猿《さんえん》を見て、興奮気味にぴょんぴょん跳ねている。

　デジカメを準備して写真を撮る気満々だ。ちなみに栞のデジカメは『トラベル・アイバ』に行った時、愛葉《あいば》さんが余り物をくれた。

「三猿にばっかり目が行ってるみたいだけど、実はあの三匹以外にも猿はいるんだぞ」

「え……他にもいるの？」

　カシャカシャと写真を撮っていた栞の手が止まる。興味津々みたいだ。

「三猿が彫られている建物をよく見てみ」

「う、うん……あっ、ほんとだ。三匹の他にも一匹、二匹……まだいるね」

　栞の視線の先には、どこか遠くを見つめている猿だったり、天を仰いでいる猿がいる。

「三猿が彫られている厩舎には、全ての側面に三猿を含めて十六匹の猿の彫刻が彫られているんだ」

「十六匹も!?　……でも、どうして？」

「それはな、側面にいる猿たちを順番に見ていくと、一つ《ひと》の人生が表現されているんだ」

最初は母猿と子猿、次に三猿《さんえん》、次に独り立ちの猿……で、この後も色んな猿がいるんだけど最後に妊娠した猿を見終えると、ちょうど一周して最初の母猿と子猿に戻る。

猿の彫刻が十六匹あるとはいえ、言ってしまえばこれは一《ひと》つの芸術作品だ。

たった一つの作品で完璧な人生を表すっていうのは、とても素敵なことで、感銘すら覚える。個人的には〝完璧〟な人生を表しているっていう部分が、たまらなくいい。

「一周回ると人生になるんだ。彫刻を作った人のことを考えながら、もう一回見たら……なんか感動するね！」

「だよな！　俺も初めて十六匹の猿がいるって知って、その意味まで知った時はこう……自然と心が動かされたんだよ！」

「うんうん！　すごくわかる気がする！」

猿の彫刻たちを眺めながら、俺たちの話は盛り上がる。

……って、俺は何をはしゃいでいるんだ。栞《しおり》が随分と熱心に聞いてくれるから、ついつい話し過ぎてしまった。あくまでも彼女は俺に付いて来てるだけなんだから。

「ねえ海人《かいと》くん！　他にも何か知ってることとかあるかな？」

「ほ、他にも？　そ、そうだな……実は三猿には二《ふた》つの意味が込められているらしいぞ」

「二つも意味があるの……？」

「そうだ。一つは〝子供の頃は悪いことを見たり聞いたり話したりしないで、素直にまっすぐに成長しなさい〟って意味。もう一つは〝大人《おとな》の処世術として、余計なことは見たり聞いたり他人に話したりしない方がいい〟って意味だな」

「そうなんだ……よく考えたら、私って〝見ざる言わざる聞かざる〟は知っていても、そこまで詳しい意味は知らなかったな～」

「そうか、そうか。お兄《にい》ちゃんから新しい知識を学べて良かったな」

「あっ、急にお兄ちゃん面してきた。二カ月《かげつ》しか誕生日違わないのに」

栞は頬《ほお》を膨らませて怒る――が、くすっと笑った。直後、つられて俺も笑ってしまった。

いかん、また俺はいつの間にか栞のペースに乗せられて……。

これが洗練された元若女将《わかおかみ》が為《な》せる業《わざ》か。

そんなことを思いつつ、ふと気づいた。

こうして、誰かと一緒に観光するのって初めてなんだよな。

そして……それは不思議なことにそんなに嫌じゃなかった。


「わぁ～可愛《かわい》い猫ちゃんだ～」

続いて俺たちがやってきた場所は、東回廊の潜門《くぐりもん》という場所。

目の前には人が通れるくらいの小さな門があるのだが、その門の真ん中付近に猫がいる。

といっても本物の猫じゃなくて、眠り猫という彫刻なんだけど。

作品名の通り、猫は牡丹《ぼたん》の花に囲まれながら気持ちよさそうに眠っている。

「ちなみにこの眠り猫って、さっき見た三猿《さんえん》と同じくらい人気あるんだぞ」

「そうなの？　こんなに可愛《かわい》いのに私、全然知らなかったよ……」

栞《しおり》はかなりショックを受けている様子。いや、そんな深刻になることでもないだろ。

「写真はいいのか？　三猿の時はアホほど撮ってたけど」

「もちろん撮るよ～！　こんな可愛い猫ちゃんは写真に収めなくちゃ！」

栞はデジカメを構えると、三猿の時と同じようにカシャカシャと写真を撮りまくる。

父親が写真家だったからか、カメラの扱い方が手馴《てな》れてる気がするな。

そう思いつつ、俺も彼女と同じように写真を撮っていく。

栞が言ってたからとかじゃなく、やっぱり眠り猫の可愛さは半端ない。

本物の猫以上に可愛いと言っても過言じゃないな。

それから二人《ふたり》して眠り猫を撮りまくってから、写真を確認する。


「なまらめんこいべさ～」

不意に、栞が撮ったばかりの写真を眺めながら呟《つぶや》いた。

こいつ、また……。

「なあ栞——」

「っ!?　な、なに!?　私は猫ちゃんがとても可愛いなって言っただけだよ?」

声を掛けた瞬間、栞はビクッとすると早口で言葉を返した。

「いやいや、そんな風に言ってなかったって」

「ほんとだよ！　道産子《どさんこ》はみんな嘘《うそ》なんてつかないんだよ！」

「それがもう絶対に嘘だろ」

容赦なく指摘すると、栞は「うぅ……」と唸《うな》ったあと、諦めたように肩を落とした。

「もしかして栞って、割と北海道弁で話すのか?」

「……うん。登別《のぼりべつ》にいた時は普通に使ってたんだ。でもこっちに来て恥ずかしいから北海道弁はあんまり出さないようにしてたんだけど……」

楽しかったり嬉《うれ》しかったり、感情が大きく動いた時についい出てしまうのだと、栞は説明してくれた。じゃあ今のも眠り猫が可愛すぎて、つい北海道弁が出ちゃったのか。

「……ごめんなさい」

「?　なんで謝るんだよ」

「だって嫌だよね。北海道弁で話す女なんて……」

栞は落ち込んでいるような口調で言ったあと、顔を俯《うつむ》ける。

「何言ってんだお前。別に嫌じゃないだろ」

「で、でも……その、かっこ悪くない？」

栞《しおり》は不安そうな表情で訊《き》いてくる。

「俺は色んな都道府県を巡ってきたけど、方言をかっこ悪いなんて一度も思ったことないぞ。むしろ、俺は方言とか一切ないから羨ましいよ」

俺も九州弁とか津軽弁とか使ってみたい。旅好きとしては、方言とかまじで憧れだ。

「それに自分が生まれた場所の言葉だろ。堂々と使っていいんだよ」

「堂々と……？」

栞の言葉に、俺は躊躇《ちゆうちよ》なく頷《うなず》いてやる。

すると、彼女は段々と表情が明るくなっていって、

「わ、わかった！　じゃあ海人《かいと》くんの前だけ、北海道弁を使っちゃおうかな！」

「おう、遠慮なく使え」

「くすっ、やっぱり海人くんって、なんだかんだで優しいよね！」

栞は雪のように真っ白な頬《ほお》を染めながら、満面の笑みを浮かべた。

そんな不意打ちに、心拍数が急激に上がってしまう。

……油断した。また妹なのに可愛《かわい》いと思ってしまった。

「優しくなんてねーし……」

「優しいよ！　なまら優しい！」

「そんなことねぇって。それよりもういい時間だし、最後にお守り買って次の場所行くぞ」

「あっ、海人くんが照れた！」

「あーうるせー」

俺がうっとうしそうにすると、それを見て栞はくすくすと笑っていた。

いつも一人《ひとり》で旅行してる時は、こんな目になんて遭わないのに……。

そんなことを思いながら、今後の彼女との旅行にちょっと不安を感じた俺だった。

◇◇◇

「すごい……そこに小さな世界があるみたい」

目の前の光景に栞は感動の言葉を漏らす。

日光東照宮《にっこうとうしょうぐう》でしっかりとお守りを購入した後、バスと電車を利用して五十分ほどかけて着いたのは二《ふた》つ目の観光地——東武《とうぶ》ワールドスクウェアだ。

ここは国内でも有名なミニチュアパークであり、日本を含む世界各国の遺産や建築物を精密に再現したミニチュアが１００点以上展示されている。

イタリアのピサの斜塔、アメリカの自由の女神、カンボジアのアンコールワット等々。

つまりこの場所を巡るだけで、ちょっとした世界旅行を楽しめてしまうのだ。

ちなみに、東武《とうぶ》ワールドスクウェアは『日本ゾーン』『アメリカゾーン』のように、大きく六つのゾーンに分かれており、俺たちはその中の『エジプトゾーン』に来ていた。

スフィンクスやアブ・シンベル大神殿など、エジプトで有名な遺産や建築物のミニチュアがあちらこちらに展示されている。

さすが日本有数のミニチュアパークだ。世界遺産も細部までこだわってるな。

東武ワールドスクウェアのミニチュアは、数も完成度も日本最大級。

だから、たとえミニチュアでも本当に世界遺産を現地で見ているような……そんな気分を味わえる。

いま見ているスフィンクスなんて俺の膝くらいまでの高さしかないのに、実物の画像と照らし合わせたら、顔の表情とか体の模様とか本物以上と言っても過言ではない。

ミニチュアは専門の人が全て手作業で造っているんだけど……これはもう職人業《わざ》だな。

実際のエジプト旅行は一週間で十五万円くらいかかるのに、約三千円の入場料でこれほどの物が観《み》れるなんて。旅行するたびにバイト代が消える俺にとってはお得すぎる！

……さて、エジプトの世界遺産を堪能したことだし、俺は別のエリアに――

「海人《かいと》くん！　これ見てよ！」

そろそろ移動しようとすると、急に栞《しおり》から呼ばれた。

「俺、あっちの方見てきたいんだけど……」

「ちょっとだけだから！　早く早く！」

「……はいはい、わかったよ」

言うことを聞かないといつまでも話しかけてきそうなので、仕方がなく栞がいる方に近づいていく。彼女の傍《そば》には、ピラミッドのミニチュアがあった。

「ほら！　あのピラミッドが私の身長より少し大きいくらいだよ！」

「おー、そうだな」

「これで私もエジプト王になれるかも！」

「いや、なれないだろ」

高揚して喋《しゃべ》る栞に、とりあえず言葉を返しておく。

でも冷静に見たら、ピラミッドのミニチュアは栞の二倍くらいの高さはあった。

「どこがお前より少し大きいくらいだ。全然足りてないぞ」

「そんなことないよ。ほら、あとちょっとでてっぺんに……」

と言いながら栞は頑張って手を伸ばすが、全くピラミッドの頂点に届かない。

まったく何をやってんだか。

「んじゃ、そろそろ別行動で……」

ピラミッドと背比べしている栞を置いて、俺はさらっと離脱を試みる。

――が、すぐに後ろから服の袖を掴《つか》まれた。

「海人《かいと》くん、私を一人《ひとり》にしたら迷子になっちゃうよ」

「そんなことを真剣な表情で言ってくるなよ」

「もし迷子になったら、迷子センターで海人くんを全力で呼び出すよ！」

「だから、そんなことを真面目《まじめ》に言うなって！」

しかし園内に人が多い中、迷子センターから呼び出されるのは恥ずかしすぎるし、確実に俺の旅行キャリアの汚点になってしまう。

やはり栞《しおり》を引きつれて観光するしかないのか……。

「そういえば海人くん、さっき買ったこのカードって何かに使うの？」

一人で観光できないことにテンションが下がっていると、栞はバッグから一枚のカードを取り出した。

「それはプレイカードって言ってな。使うと少し面白いことができる」

「面白いこと!!」

刹那《せつな》、栞は透明な瞳を煌《きら》めかせながら、急接近してくる。

こいつ、またいつかみたいに一瞬でパーソナルスペースに入ってきたんだけど！

「海人くん！　面白いことってなにかな！」

「お、面白いことっていうのはな、その……そんなに気になるなら一緒に行くか？」

「うん！　一緒に行く！」

どんどん迫ってくる栞に一歩ずつ引きながら訊《たず》ねると、彼女はすぐに頷《うなず》いた。

素直かよ……。

「くすっ、色々言うけど、やっぱり海人くんも誰かと一緒に観光とかしたいんだね」

「それは絶対にないから安心しろ。一人で旅行する方が百パー楽しいから」

俺が冷静に返すと、栞は探るようにじーっとこっちを見てくる。

やべ、もしかして怒らせたか？　でも本当に思ってることだからなぁ……。

「あのさ、君ってどうしてそんなに一人がいいの？」

「？　それはいま言っただろ。一人の方が旅行が楽しいからだよ」

「そうだけど……私が一緒に旅行に行きたいっていう頼み事は聞いてくれたのに、やたら一人になろうとするのが不思議だなって思って」

「そ、それは……」

言葉に詰まっていると、栞は真剣な表情で見つめてくる。

ちゃんと答えるまでは、許してくれないみたいだ。

「そんなことより、今からプレイカードの素晴らしさを教えてやるよ」

……しかし、俺は彼女の質問には答えず、別の話題に変えようとする。

新しい家族になってまだ一ヵ月くらいだけど、栞のことはそれなりに知っている。

もし母《かあ》さんとの約束のことを話したら、ひょっとしたら彼女は函館《はこだて》旅行を中止にするかもしれない。それどころかこの旅行もすぐに止《や》めかねない。

そして、それは……なんか違う気がする。

「海人《かいと》くん、いま私は真面目《まじめ》に――」

「もしかしたら、お前が今日イチで喜ぶかもな」

「……わかった。これ以上は訊《き》かない」

話を逸《そ》らし続けていると、ようやく栞《しおり》は諦めてくれた。

俺に答える気がないことを察したのだろう。

「で、私が今日で一番喜ぶことってなにかな？」

「まあそれは行ったらわかる」

栞が訊《たず》ねてくると、俺は自信満々に言ってやった。

ピラミッドでもかなり楽しそうにしていたし、プレイカードを使ったら、とんでもないくらいはしゃぐかもな。そんなことを考えながら、俺は栞と一緒に移動を始めた。

「えっと……ここが私が今日で一番喜ぶかもしれないところ？」

栞が少し疑うような口調で訊いてくる。

無理もない。俺たちがやってきた場所は『ヨーロッパゾーン』にあるイギリスの観光名所――バッキンガム宮殿のミニチュアの前だった。

もちろん素晴らしいミニチュアで、建物は精密に再現されているし、宮殿の前にある噴水やその周りに集まる衛兵たちのミニチュアもリアルだった。

だけどさっきのピラミッドと何が違うんだ？　と訊かれたら、特に何も違わない。

見る限りでは、の話だけどな。

「そこにプレイカードを入れる機械があるんだけど、わかるか？」

「え……あっ、ほんとだ！」

「そこに持ってるカードを入れてみ」

俺が指示すると、栞は近くにある機械の差込口にプレイカードを投入。

その瞬間、突如としてファンファーレが鳴り始めた。

「ど、どうしよう!?　海人くん、私なにか壊しちゃったかも!?」

「落ち着けって。ほら、広場の方を見てみろよ」

それを聞いて、栞はバッキンガム宮殿の広場の方へ視線を向ける。

すると、彼女は透き通った瞳をぱっちりと見開いた。

「ミニチュアが動いてる!!」

今まで聞いたことがないくらいの驚きの声を上げる栞《しおり》。

彼女が言った通り、たったいまバッキンガム宮殿前の広場にいる衛兵たちが、盛大な音楽と共に噴水を中心に回るように行進していた。

正確には衛兵たちは足踏みをしていて、彼らが立っている地面の一部が動いており、その二《ふた》つの動作を組み合わせることで、行進しているように見せている。

ただでさえ完成度が高いミニチュアの数々なのに、それをカード一枚で動かせるようにしているなんて。お客さんを楽しませようって気持ちがこれでもかって伝わってくる。

旅行好きにとっては、そういう観光地ってこっちも全力で楽しめるし……また来たくなるんだよな。

「どうだ？　結構面白いだろ？」

「なまらすごいべさ！　急にファンファーレが鳴ってさ、したっけ兵隊さんが歩いていて！　わや可愛《かわい》くて最高だべ！」

栞はめちゃくちゃ楽しそうに、行進中の衛兵たちを見ている。

ついでに、めちゃくちゃ北海道弁で感想を語ってくれた。

「お、おう。そりゃ良かったな」

そう返したものの……なんとなくしか意味がわかんねぇ。

「海人《かいと》くんが使っていいよって言うから、つい遠慮なく北海道弁を使っちゃった。ちゃんと意味わかった？」

「うっ……と、当然だろ。俺はこれでも一年生の時、学年で一桁の順位に入るくらい学業の成績はいいんだぞ」

「勉強ができても、北海道弁がわかるとは限らないと思うけどなぁ」

「わ、わかってるって。えっと……〝なまら〟は〝とても〟だろ？　〝したっけ〟はたしか〝さようなら〟で……〝わや〟は……？」

「ほら、わかってない～。なまら以外、間違ってるか答えられてないよ～」

栞にくすっと笑いながら指摘される。

確かに〝わや〟はわかってないけど〝したっけ〟って〝さようなら〟じゃないのか？

「〝したっけ〟は〝さようなら〟って意味もあるけど、さっきは〝そうしたら〟って意味で〝わや〟も色々あるんだけど、ここでは〝とても〟って意味なんだよ～」

「そ、そうなのか……」

旅行を何度もするうちに、方言はそこそこ把握していたつもりだったけど……まだまだだったか。一回全国の方言を全部覚えようとしたけど、方言ってマジでムズイんだよなぁ。

ちなみに今もなお、勉強中だ。

「〝完璧くん〟も、北海道弁は完璧じゃなかったね」

「う、うるさいな。道産子《どさんこ》でも道民でもないんだから仕方がないだろ」

そう言った直後、栞《しおり》はあっ！と何かいいことを思いついたような声を出す。

「じゃあこれからは、私が北海道弁を教えてあげるね！」

「えっ、別にいらんけど……」

「ううん、絶対に教えてあげる。この先、私が北海道弁を使うたびに会話が止まったら嫌でしょ？」

「……まあ確かにそうだけど」

俺に反論がないと見るや、栞は「よーし！」と両拳を作ってやる気満々になる。

まだ教えてもらうなんて一言も言ってないんだけど……。

でも彼女が言った通り、いちいち会話がわかんなかったら面倒だし……まあいいか。

「ねえ海人《かいと》くん、一緒に写真を撮ろうよ！」

「写真？　急になんだよ」

「だって、日光東照宮《にっこうとうしょうぐう》を観《み》た時は一緒に写真を撮らなかったでしょ？　だからいま一緒に撮ろう！」

栞はバッグからデジカメを取り出すと、自撮り風に構えつつ隣に来るように促してくる。

だが、俺は首を左右に振った。

「悪いが、それは断る」

「え……なんで？」

想定外だったのか、栞はきょとんとする。

「俺はな、旅行では自分の写真は撮らないというマイポリシーがあるんだ」

「……？　なんでそうなの？」

栞は不思議そうに首を傾《かし》げる。

「写真に収めるのは、綺麗《きれい》な景色《けしき》とか神秘的な遺産とか、そういうのだけで十分なんだよ。

結論を言うと、人は余計だ」

「余計って……そんなことないよ。思い出作りに自分のことを撮るのは大切だよ」

「だから、思い出は景色とかだけでいいんだって」

「そんなこと言わないで、ね？　海人くん、早くこっちに来て！」

「行かない」

「カムヒア！　カイト！」

「なんで英語!?　でも俺は行かな——うわぁ！」

話している途中、栞が隣に来てパシャリと一枚撮ってきた。

——が、俺はギリギリのところで動いてそれを躱《かわ》す。

「なに勝手に撮ってんだ!?」

「惜しい！　あともう少しだったのに！」

「惜しいとかじゃね――って、うぉい！」

パシャリ、とまた撮ってきた――が、俺は再び躱《かわ》す。

「海人《かいと》くん、なかなかやるな～」

「何言ってんだ⁉　もう撮るなって！」

「ううん、海人くんの写真を撮るまで絶対に諦めないから！」

「おい、ふざけるな――って、まじで止《や》めろぉ‼」

それから俺と栞《しおり》の激しい攻防が続いた。

結果、他のお客さんに迷惑だと係員さんにこってり叱られたのだった。……もう最悪だ。


「まったく、えらい目にあったな」

係員さんからお説教を食らったあと、俺たちはそろそろ昼食をとるために園内にある湯葉料理店に来ていた。入店後、注文を済ませて数分。栞の席のテーブルには湯葉そば、俺の席のテーブルには湯葉うどんが届いた。

「なまら、んま～！」

栞は湯葉そばを口の中いっぱいに頬張《ほおば》って、幸せそうな表情を浮かべている。

まるでハムスターみたいだな。

「そんなに美味《おい》しいか？」

「うん！　なまら美味しいよ！」

俺の問いに、栞はニッコリと笑う。

それにしてもこいつ、やたら美味《うま》そうに食うなぁ。……俺も食べよ。

俺たちはどんどん食事を進める。

湯葉うどんの方もとても美味しくて、二人《ふたり》してあっという間に食べ終わってしまった。

「しゃっこ〜い！」

栞は食後のデザートに注文したアイスクリームを食べて、頭をおさえている。

……しゃこ？　魚介類のあれですか？

「〝しゃっこい〟っていうのは〝冷たい〟って意味なんだよ」

疑問に思っていると、俺の表情を見て察したのか栞が解説してくれた。

そんなの見当もつかないって。

「ん〜！　しゃっこい！　しゃっこい！」

栞は頭をおさえながら連呼する。

ひょっとして〝しゃっこい〟って言ってる女子って……めっちゃ可愛《かわい》い？

その後も、栞は〝しゃっこい〟を連発しながら、アイスを食べ終えた。

「あの海人くん、その……」

「ん？　どうした？」

食事を終えて会計を済ませようと席を立つと、栞《しおり》が声を掛けてきた。

しかも、なぜか頬《ほお》が少し赤い。

「その……おかわり、してもいいかな？」

「おかわり!?　……でもお前、家だとそんなに食わないだろ」

「普段は恥ずかしいから我慢しているんだよ。……けど、海人《かいと》くんには方言もバレちゃったし、別にいいかなって」

「どういう理論だよ……」

結局、栞は追加で湯葉そばを注文して、それもぺろりとたいらげてしまった。

時間に制限がなかったら、もっと頼んでいたんじゃないかってくらいの勢いだった。

どうやら彼女は見た目とは裏腹に、かなりの大食い系女子だったみたい。

◆◆◆

そうして昼食を済ませたあと、俺と栞は東武《とうぶ》ワールドスクウェアを後にして、最後の観光地であり全国的に有名な日光《にっこう》の温泉街——鬼怒川《きぬがわ》温泉へ向かった。

「すご～い！　なまらいい眺め～！」

鬼怒川温泉の露天風呂からの壮大な景色《けしき》に、自然と言葉が出た。

目の前には緑に彩られた大きな山々、そのふもとには鬼怒川が流れており、気持ちのいいせせらぎが聞こえてくる。

「ふぅ、気持ちいい～」

露天風呂に浸《つ》かりながら、私は一息つく。

鬼怒川温泉に着いた後、そのまま旅館に入った私たちは温泉に入るために男湯と女湯に別れた。きっと今ごろ、海人くんも温泉を堪能している最中だと思う。

海人くん、どんな風に温泉に入っているのかなぁ。

おじさんみたいに極楽～とか言ってたりして！

妙なポリシーがあるから、温泉の入り方とか細かそ～。

「今日はこわかったなぁ」《疲れたぁ》

日帰りとはいえ、初めての旅行でかなり疲労が溜《た》まってる。

……でも、とても！　とても楽しかった！

日光東照宮《とうしょうぐう》の眠り猫は、なまら可愛《かわい》かったし！

東武ワールドスクウェアのミニチュアは、どれも実物みたいで動いたりもするから子供みたいにはしゃいじゃったし！

鬼怒川《きぬがわ》温泉はどの温泉も疲れが取れて気持ちいいし、露天風呂からの景色《けしき》は絶景だし！

……でも、海人《かいと》くんには沢山迷惑をかけちゃったなぁ。

そもそも海人くんは一人《ひとり》で旅行をするのが好きなのに、私のためにわざわざ一緒に旅行をしてくれたんだよね。

だから、彼にはほんとに感謝している。

初めての旅行に海人くんと来られて良かった！

海人くんのおかげで、ここまで楽しい旅行になったんだ。

あとで、ちゃんとお礼を言わなくちゃ。

「あとは日帰り旅行が一回と函館《はこだて》旅行が一回、だよね」

残りの海人くんとの旅行のことを考える。

私はまだ今日の旅行が終わってもないのに、次の旅行がもう楽しみになっていた。

……けれど同時に、残りの海人くんとの旅行が少なくなっていくことに、ちょっと寂しくなってしまった。

◇◇◇

鬼怒川温泉を堪能したあと、気づいたら帰りの電車の中だった。

理由は日光駅《にっこう》に向かっている最中、栞《しおり》と今日の旅行のことを話していたら盛り上がって、つい楽しくなってしまって……で、それは俺たちが座席に着いても続いていた。

「温泉、まじで気持ちよかったなぁ」

「気持ちよかったね！　露天風呂からの景色《けしき》もとっても良かったし！」

「だよな～！　大自然最高！　って感じだったわ」

「でも最初の眠り猫も可愛《かわい》かったよ！　見てるだけで癒《いや》された！」

「それわかるわ。それに東武《とうぶ》ワールドスクウェアのミニチュアも見れて良かったし」

「うん！　結局、プレイカードを何回も買っちゃったよね！」

電車に乗ってからも、こんな風にずっと二人《ふたり》で旅行のことを振り返っている。

……って、なんでまた俺はこいつと楽しく喋《しゃべ》ってるんだ。

「海人《かいと》くん、今日は本当にありがとう。君のおかげですごく楽しい一日になったよ！」

「別に俺のおかげってわけでもないだろ。日帰りとはいえ初めての旅行だし、きっと誰と行っても楽しかったと思うぞ」

俺の言葉に、栞はゆっくりと首を左右に振る。

「海人くんとだったから、なまら楽しい旅行になったんだよ！」

彼女は自信満々に言い切ると、可憐《かれん》に笑った。

純度百パーセントの笑顔に、一気に鼓動が跳ね上がる。

急にそういう顔すんなよ……。

「何にせよ、楽しめたなら良かったな」

「うん！　良かった！」

栞は嬉《うれ》しそうな声音で言葉を返してくる。本当に素直なやつだ……。

「ねえ海人くん、もっと今日のこと話そうよ！」

「まだするのか？　もうだいぶ話したと思うけど……」

それに二人で話してたら、周りの乗客がこっちを温かい目でニマニマしながら見てくるんだよなぁ……。

「全然話し足りないよ！　それくらい海人くんとの旅行が楽しかったんだから！」

「っ！　そ、そっか……」

不意に言われた一言で、照れくさくなって少し顔を逸《そ》らす。

ちょっと、そこの年配のご夫婦。青春ねぇ、みたいな目でこっちを見ないでくれ。

それから栞の要望通り、二人は旅の思い出話に花を咲かせた。

だがしかし、十分くらい経《た》つと——。

「……すぅ」

栞《しおり》が隣ですやすやと眠っている。

さらに俺の肩にもたれかかるように寝ていて、全く身動きが取れなくなってしまった。

これ、どうすんだよ……。

無理に動くと、彼女を起こしてしまいそうだ。

さすがにそれは可哀《かわい》そうなので、浅草《あさくさ》に着くまでは寝させておいてやろう。

きっと初めての旅行で疲れたんだろうな……。気持ちはよくわかる。俺も初旅行の帰りは疲れ果てて、今の栞と同じように電車の中で眠ってしまったから。

「くしゅん」

不意に栞がくしゃみをした。

起きたかと思ったけど、まだ眠ったままだ。

今日は少し寒かったからな。

俺は足元に置いてあるリュックから毛布を出して、栞の肩にかける。

こんな時のために、旅行には常に防寒グッズを持ってきている。さすが俺だ。

旅先では、突然天気が崩れたり、気温が高くても風の影響で意外と寒かったりすることがあるから、防寒グッズは必須と言ってもいい。

……あとは、そっとしといてやるか。

栞が動かないようにしつつ、俺は首にかけていたロケットペンダントを開ける。

今日は栞に振り回されて、母《かあ》さんに少ししか観光地を見せてあげられなかった。

それに俺はもっと行きたい場所があったんだけど、栞とのあれこれに時間を取られて結局行けなかったし。

——となると、やっぱり旅行は一人旅《ひとりたび》が一番楽しいな！

好きな時間に好きな場所に行けるし、他人から迷惑かけられないし、旅行プランも自分好みにできるし。

……でも、よく笑ってくれるんだよな。

栞の方をチラリと見る。

今日の旅行で彼女は何回笑ってくれただろう、何回喜んでくれただろう。

俺の大したことない観光地の豆知識でも、興味津々で聞いてくれた。

帰りの電車で旅行のことを振り返って盛り上がるなんて、一人じゃ絶対にできない。

そんな風に、今日の出来事を思い出していたら——。

「ほんのちょっとだけ楽しかったかもな」

自然とそう呟《つぶや》いていた。

隣を見ると、栞はまだ気持ちよさそうに寝息を立てている。

聞かれてなくて良かった、と心の底から安堵《あんど》した俺だった。

○幕間《まくあい》　『二人一人《ふたりひとり》旅日記』

今日、私――冬凪栞《ふゆなぎしおり》は日帰りだけど、人生で初めて旅行をした。

正直、上手《うま》く楽しめるか不安だったけど、海人《かいと》くんのおかげでとっても楽しい旅行になったんだ。

彼は〝完璧くん〟でちょっと変わってるけど、とても優しい人。

観光地に着いても、なんだかんだで私と一緒にいてくれるし、面白いお話もしてくれる。

北海道弁が出ちゃったときだって、自分の生まれた場所の言葉だから遠慮なく使えって言ってくれたし。

海人くんは全部自分のためみたいな態度をとっているけど、そんなことないと思う。

だってそういう人が帰りに、寝ている私に毛布をかけたりしないもん。

実はあの時、ちょうど起きちゃってたんだよね。

あと海人くんは、私との旅行が少しだけ楽しかったって言ってた。

それを聞いた時、すごく嬉《うれ》しかったなぁ。

海人くんは私が聞いてないと思ってるから、少し申し訳ないけど……。

でも、次の日帰り旅行も最後の函館《はこだて》旅行も、海人《かいと》くんと一緒に行く旅行は彼も楽しんでくれたらいいな！

あっ、でも別行動は絶対にダメだけどね。冗談抜きで私、迷子になっちゃうし。

それに私は一人《ひとり》よりも、海人くんと一緒に観光する方が絶対に楽しいから！

『凪《なぎ》の家《や》』で初めて話した時、海人くんの旅行の話を聞いて、なんとなく彼と一緒に旅行に行ったら楽しそうだなって思ってた。

やっぱり私の予感は当たってたみたい！

あと今回の日光《にっこう》旅行で思ったことは、海人くんが誰かと一緒に行く旅行をちょっとじゃなくて、すごく楽しいなって思ってくれたらいいなって。

残りの海人くんとの旅行は二回しかないけど、頑張って彼に一人旅も楽しいけど、誰かと一緒に行く旅行も楽しいんだよ、って伝えられたらいいな！

NIKKO MAP

Traveler's Companion
旅のしおり

日光周辺には色んな自然があって、
夏なんかは山に行くのがオススメだな

山！ 涼しいの良いね！ 富士山!!

（東照宮の石段で息を切らしてるようじゃ
まだまだ遠いぞ）

○第三章　同い年の妹のための旅行

日光《にっこう》旅行から数日後。放課後に俺は『トラベル・アイバ』でバイトをしていた。

「しゃいませ～」

店内で商品の品出しと整理をしていると、隣で愛葉《あいば》さんが適当に挨拶をしていた。

ついでに、さっきから突っ立ってばかりで全然仕事をしていない。

「愛葉さん、ちゃんと仕事しないと店長に怒られますよ」

「ふぁ～。大丈夫、大丈夫～。今日はお父《とう》さん来ないから」

愛葉さんは退屈そうにあくびをしながら答えた。最悪の店員だな……。

「それよりさ～あの子とはどうだったの？」

「あの子ってどの子ですか？」

「妹ちゃんだよ～旅行に行ったんでしょ？　チューした？」

「あんたはバカですか……」

呆《あき》れたように額に手を当てると、愛葉さんはケラケラと笑った。

「冗談じゃん、冗談。でも実際、旅行はどうだったの？　楽しかった？」

「……まああですかね」

「へぇ、楽しかったんだね～」

愛葉さんはニヤニヤしながら言ってくる。くっそ～腹立つ顔してるなぁ。

「もしかしてさ～、また妹ちゃんと旅行に行くの？」

「そうですけど……何で知ってるんですか？」

「いや～休憩室で月島《つきしま》くんのバッグ開けたら、ガイドブックが何冊も出てきたから」

「勝手に他人の鞄《かばん》を開けないでもらえますかね!?」

この人の辞書には、プライバシーという文字がないのか。

「そっか～月島くん、また妹ちゃんと旅行に行くのか～」

「なんですか、その言い方。行っちゃダメなんですか」

「ううん、全然。ただお姉《ねえ》さんはちょっと心配なんだよ～」

「心配ですか？」

まさか仕事サボりまくりの愛葉さんに、心配される日が来るなんて……。

「いま失礼なこと考えたでしょ～。こっちは真剣に言ってるんだからね～」

「でも、旅行に関して心配されるようなことはないですよ。俺が何回、旅行に行ってると思ってるんですか」

「それだよ、それ。今まで月島くんは一人《ひとり》でしか旅行したことがない――言わば、一人旅好きの変人だからさ～」

「変人って失礼ですね」

酷《ひど》い言い草だ。一人《ひとり》旅は最高に楽しいだろうが。

「あのね月島《つきしま》くん、妹ちゃんと行くときは、きちんと妹ちゃんのことを考えてあげなきゃダメだよ？」

「何言ってるんですか。ちゃんと考えてますよ」

この間だって栞《しおり》が旅行慣れするための旅行とはいえ、有名で楽しめる観光地を選んだ。だから栞だって、喜んでいたし。……たぶん。

「本当かな～私は心配だな～」

「俺のこと心配するより、仕事してください。レジに客入ったんでお願いします」

「え～月島くんは？」

「俺は商品の品出しと整理があるんで」

そう返すと、愛葉《あいば》さんは諦めてトボトボとレジへと向かっていく。

まったく。放っておいたら、どこまでもサボろうとしそうだ。

……だが、レジへ向かった愛葉さんは数人の客を素早くさばくと、だるそうにしながらこっちに戻ってくる。あれで仕事デキるのが、タチ悪いんだよなぁ……。

◇◇◇

翌日。昼休みの教室で俺は、次に栞と旅行に行く場所のことを考えていた。

今回も日帰りだからな。近場で楽しめそうなところにしないと。

購買で買ったたまごサンドを食べつつ、もう片方の手でスマホをいじっていく。

教室でガイドブックを開いて、クラスのコミュ力お化けたちから誰かと旅行に行くの？とか訊《き》かれたりしたら面倒なので、ここはネットで我慢だ。

千葉の鴨川《かもがわ》シーワールドとかいいかもな、定番って感じだし……いや、もっと旅っぽくするなら神奈川の芦ノ湖《あしのこ》とか良さそうだけど……。

ここ数日、ずっと行き先について考えているけど、なかなか決まらない。

だけど、それは良さそうなところがないってわけじゃなくて、どこに行っても良い旅行になると思っているからだ。それだけに、どれにするか悩ましい……。

「ねえ栞ちゃん！　今日の放課後、カラオケ行こうよ！」

不意にそんな声が聞こえてくる。

視線を向けると、教室の真ん中付近で栞と三人の女子たちが一緒に昼食を食べていた。

転校初日から大人気の栞は、常にクラスメイトの女子の誰かしらが彼女の傍《そば》にいて、当然昼休みも必ず誰かに誘われており、毎回彼女たちと一緒に昼食を食べている。

「カラオケ……？」

「うん！　今日、みんなで行こうって決めてたんだけど、栞《しおり》ちゃんもどうかなって！」

女子三人衆の一人《ひとり》──金髪ギャルの立花《たちばな》さんが陽気な声でそう言う。

「そ、そうだね……どうしようかなぁ」

「私、栞ちゃんの歌聞きたいな！」「私も！　私も！」

他の女子二人《ふたり》──銀髪ギャルの佐々木《ささき》さんと茶髪ギャルの中村《なかむら》さんも激押しで栞をカラオケに誘う。

「絶対に楽しいよ！　一緒に行こ！」

「……う、うん。じゃあ行ってみようかな」

最後にもう一度立花さんが誘うと、栞はカラオケに行くことに決めた。

……が、あんまりいい表情はしていない。

「やったぁ！　放課後は栞ちゃんとカラオケだ〜」

「いえいえい〜！」「パチパチ〜！」

テンション高く盛り上がる女子三人衆。

一方、栞は笑顔を作りながらも、少し困ったような顔をしている。

他のクラスメイトにはわからないかもしれないが、一応、一緒に暮らしてそれなりに経《た》つので、少しは彼女の細かい部分もわかるようになってきた。

「栞ちゃんの歌、楽しみだな～！」

「ね！　めっちゃ上手《うま》そう！」「可愛《かわい》い声出そうだよね！」

依然、栞とのカラオケトークを楽しむ女子三人衆。そういえば栞って、この間俺と出かけるまでは若女将《わかおかみ》の仕事が忙しくて同い年くらいの人と出かけたことないって言ってたけど、カラオケなんて行ったことあるのか？　……あいつ、大丈夫かよ。

「ただいま……」

リビングで複数のガイドブックを開きながら、二回目の日帰り旅行の行き先を選んでいると、栞が帰ってきた。……明らかに声に力がないな。

「おかえり。その……大丈夫か？」

「……なんのこと？」

「カラオケ行ってきたんだろ？　昼休みに会話が聞こえてきたんだよ」

「そうだったんだ……。カラオケは国歌を十回くらい歌って、私の素晴らしい歌声を伝えてきたよ」

「お、おぉ、そりゃすげぇな……」

カラオケで国歌を十回も歌う女子高生とか、たぶんこいつ以外にいないぞ。

それより、やっぱり栞《しおり》は初めてのカラオケだったみたいだ。

「実は明日も遊びに誘われてるんだ。今度はゲームセンターに行くって」

「遊びに誘われたのに、全然嬉《うれ》しそうじゃないな。嫌なら断ったっていいんじゃないか？」

「そんなのダメだよ。友達は大事にしないと」

そう主張する栞の表情は、体力ゲージゼロみたいになっている。

どう考えても無理しているんだよなぁ……。

「じゃあ私は着替えてくるね……」

栞はかなり疲れた様子で、リビングから出ていった。

明日も遊ぶらしいけど、この調子だと毎日遊びに誘われそうだ。どうしたもんか……。

このまま放っておくっていうのも、一応あいつの兄貴としてどうなんだ。

そう思っていたら——あることを思い出した。


家族を世界で一番大切にすること。

月島《つきしま》家の家訓だ。母《かあ》さんは俺のために作ったたって言ってたっけ。

今はもう〝冬凪《ふゆなぎ》〟に変わったけど……それでも……。

「どうにかするか」

俺はガイドブックを一旦閉じて、代わりにポケットからスマホを取り出した。

栞が妹になってから同い年とはいえ、まだ一回も兄っぽいことしてないし、たまにはお兄《にい》ちゃんだぞってところみせないとな！

◇◇◇

「ただいま……」

翌日の放課後。栞が帰宅すると連日で力ない、ただいまが聞こえてきた。

「おかえり。ゲーセンどうだった？」

「……なまら楽しかったよ」

でも、栞の顔はなまら楽しそうじゃなかった。こりゃ相当キテるみたいだ。

「あのさ、ちょっと話があるんだけど」

「話？　もしかして次の旅行の行き先のこと？」

栞の瞳に少し光が宿る。……けれど、旅行のことになったら眩《まぶ》しいくらい瞳を輝かせる
いつもの彼女には遠く及ばない。

「違うけど、割と真面目《まじめ》な話なんだ」

「……うん、わかった」

頷《うなず》くと、栞《しおり》はリビングで唯一のソファに俺と少し距離を空けて座った。

このままだと栞はずっと友達に誘われて、毎日のように彼女たちと遊ぶことになってしまうかもしれない。

それで彼女が楽しそうなら別にいいけど、毎回苦しそうに帰ってくるなら、家族としてどうにかするっていうのが元月島《つきしま》家の長男ってもんだ。

あと、もし栞がこんなことで旅行も楽しめなくなってしまったら……そんなことは一人《ひとり》の旅行好きとして、絶対に阻止しなければならない。

「単刀直入に言っちゃうけどさ……お前アルバイトしないか？」

「アルバイト？　……どうして？」

突然の俺の発言に、栞は困惑した声音で返す。

「あと二回、俺との旅行が残ってるけど、その後もどうせ父親の日記の場所に行くつもりなんだろ？」

「……うん。海人《かいと》くんとの旅行が終わっても、たとえ一人でもお父《とう》さんの日記に書いてあるところには行くつもりだよ。日光《にっこう》旅行のおかげで旅行の準備の仕方や楽しみ方だって少しはわかったし」

ちょっと寂しそうに答える栞。本当はずっと誰かと一緒に旅行に行きたいのかもしれないけど……約束は約束だからな。

「だったらお金は必要だろ？　そこでアルバイトってわけだ」

「でも、まだ若女将《わかおかみ》の時に働いて貰《もら》ったお金は残ってるけど」

「そんなもの、きっとあっという間になくなるぞ。あんまり旅費を舐《な》めない方がいい。一泊二日の旅行を繰り返してたら、いつの間にかパンパンだった財布が軽くなっててなぁ」

話しているうちに段々胃が痛くなってきた。そうなんだよなぁ。旅行は最高に楽しいけど、尋常じゃないスピードでお金が溶けるんだよなぁ。

「そういうわけだから、アルバイトはした方がいい」

俺は傍《そば》に準備しておいた数枚の紙を、ローテーブルの上に置いた。

それは放課後の時間帯で、学校から近場にあるアルバイト先の求人だった。

「わざわざ用意してくれたの？」

「まあな。ネットで調べて印刷したんだ。一応、得意そうな接客業を多めにしてある」

「あ、ありがとう……」

お礼を言ってくれる栞だが、どこかまだ困惑している様子だった。

あまりにも準備が良すぎるからだろう。普通なら「旅費って結構かかるからバイト探しておけよ」と口頭で言うだけで十分だからな。

「それにあれだろ。アルバイトとかしておいた方が、その……友達の誘いとか断りやすいだろ？」

そう言うと、栞《しおり》はびっくりしたようにこっちに顔を向ける。

それから……ちょっぴり嬉《うれ》しそうに口元を緩めた。

「ありがとう、海人《かいと》くん」

「お、おう……」

ちゃんと理解した栞はもう一度お礼を言ってくれて、俺は少し照れくさくなってしまう。

「でもね、海人くん。このアルバイトは私には合わないかな」

「えっ、なんでだよ。元若女将《わかおかみ》なんだから接客業とか余裕だろ？」

「それはそうだけど、これじゃあダメなの」

「なんだそれ。じゃあどういうやつだったらいいんだよ？」

「安心して、海人くん。実は私ね、自分にぴったりのアルバイトを知ってるから！」

栞は自信満々に言いつつ、なぜか少しニヤニヤしていた。

どういうことだ？


そうして二日後。宣言通り、栞は彼女にぴったりのアルバイトを始めた。

「冬凪《ふゆなぎ》栞です！　本日からよろしくお願いします！」

栞はぺこりとお辞儀をして、元気よく挨拶をする。

そんな彼女は、なんと『トラベル・アイバ』の制服を着ていた。

「……お前、どうしてここに」

「は～い、今日から妹ちゃんがうちで働いてくれることになりました～」

驚いていると、愛葉《あいば》さんが勝手に話を進める。

「ちょっと待ってください。どうして栞がうちの店に？」

「昨日、栞ちゃんが店に来てくれてね～ここで働きたいって言うからオッケーした。もちろんお父《とう》さんの許可も取ったよ。これで私がサボれる時間も増えるってわけだよ～」

「愛葉さんがサボれる話はどうでもいいんですよ」

強めに言葉を返すと、愛葉さんは「ひどいよ～」と泣《な》き真似《まね》をする。

こんな面倒な先輩に構ってられるか、それよりも――。

「おい栞、よりによって、なんでこの店を選んだんだよ？」

「だって私って旅行が好きでしょ？　それに接客も得意だし、ここが一番私に合っているアルバイト先かなって！」

「そうかもしれないけど、だからって俺と一緒のバイト先にしなくたって……」

「海人くんと一緒の方が楽しいと思ったんだよ！　それとも今すぐ辞めた方がいい？」

栞は試すかのような口調で訊《たず》ねてくる。その言い方はズルいだろ……。

「わからないことがあったら言えよ。ちゃんと教えてやるから」

「うん！　先輩は優しいんだね！」

「せ、先輩とか言うな!?」

俺が指摘すると、栞《しおり》はくすっと笑った。

どうやら旅行先だけじゃなく、バイト先でも彼女に振り回されるようになりそうだ。

◇◇◇

「では、第二回の日帰り旅行についての話し合いを始めまーす」

とある日の放課後。リビングで俺が話し始めると、栞がパチパチと拍手をしてくれた。

栞って、結構ノリがいいよな。

「今度の旅行はどこに行くの？」

「あぁ、それなんだけどな……」

先日の栞と女子三人衆のやり取りを見て、俺はあることを思った。

ひょっとしたら、俺が考える旅行は栞を楽しませられていないのかもしれない、と。

彼女には、自分が断りたいことでも相手を気遣って、無理してしまう部分がある。

だとしたら、日光《にっこう》旅行も本人は楽しかったと言っていたけど、実は違ったのかもしれない。俺が彼女の気持ちを察せていない可能性だって十分にある。

……まあそんなことがないとしても、日光旅行に関しては評判が高いところだったり、全国的に有名な場所だったり、一般的に楽しいと言われている場所に行った。

それは自分なりに良い旅行にするためだったけど、本当の意味で栞のことを考えて旅行を計画したとは言えないだろう。

栞は俺の旅行に付いて来てるだけであって、そんな彼女のことを考えて旅行を計画する必要があるのか、と訊《き》かれたら何とも言えないけど。

旅行の同行者くらい完璧に楽しませないと、旅行好きの一人《ひとり》として恥ずかしいだろ。

というわけで――。

「次の行き先は、栞が好きなところにしようと思う」

そう伝えると、栞は綺麗《きれい》な瞳をまん丸くする。

「本当に私の好きなところでいいの……？」

「おう。日帰りできるところなら、どこ行ってもいいぞ」

「それはすごく嬉《うれ》しいけど……でも私、北海道以外の観光地の知識はあんまりないし……」

栞は申し訳なさそうに顔を俯《うつむ》ける。

しまった。彼女を楽しませるための提案なのに、困らせてたら本末転倒だ。

「じゃあ栞が次の行き先でやってみたいことを教えてくれ。それに合わせて俺が場所を決めるから」

「私がやってみたいこと？」

栞《しおり》の問いに、俺は大きく頷《うなず》いた。

「私がやってみたいことかぁ……あっ、大きな大仏とか見てみたい！」

「お、おう。京香《きょうか》さんから聞いたけど、お前って大仏好きらしいもんな」

「うん！　あのぬぼーっとした顔がなまら好きなの！」

栞は宝石みたいな瞳を煌《きら》めかせる。大仏の好きな理由で最初に出てくるのが顔って……。

まあ平和そうな表情してるし、落ち着くのかもしれないけど。

「大仏は了解した。他には？」

「他には、そうだなぁ……」

なかなか言葉が出てこない栞。昔から父親の旅の話を聞いていたとはいえ、実際に旅行したことはまだ一回しかないから、急に旅行でやってみたいことを訊《き》かれても、パッと沢山答えるのは難しいのかもしれない。

「そういや栞って、食べることは好きじゃないのか？」

「大好きだよ！　お腹《なか》が一杯にならなかったら永遠に美味《お》しい物を食べていたいくらい！」

「おぉ、そりゃすごいな……」

確かに日光《にっこう》旅行の昼食の時も、それくらいの食べっぷりではあった。

「それなら、食べ歩きとかどうだ？」

「食べ歩き!!」

栞が物凄《ものすご》い勢いで食いついてきた。同時に同じソファに座っている彼女は興味津々の眼《まな》差《ざ》しで、こちらに近づいてくる。

「食べ歩きって、お店の美味しい食べ物を食べながら、ひたすら美味しい食べ物のお店を回っていくんだよね！　それ、子供の頃からの憧れだったんだ～！」

「そ、そうなのか」

空いていた距離がなくなって、ぴったり隣り合う俺と栞。

しかし、彼女は食べ歩きの話に夢中で全く気づいていない。

「そ、その……ちょっと近くない？」

「え……っ！」

指摘されてようやく気付くと、栞はかぁーっと赤面してすぐにソファの端まで離れた。

でも、ちょっと離れすぎたと思ったのか、また少しだけ近づいてきた。

なんだよそれ……。

「じゃ、じゃあ……次の行き先は、食べ歩きができて大仏が観《み》れる場所ってことだな」

「う、うん……その、よろしくお願いします」

せっかく行き先の方向性が決まったのに、気まずい空気が流れてしまう。

様子を窺《うかが》うために栞の方を見ると、彼女もこっちを見ていて――お互いに目を逸《そ》らした。

まずい。このままじゃ全然話し合いにならない。とりあえず、ここは俺が自然に話を切り出さないと。ちょうど栞《しおり》が出した条件に合う場所も思いついたし。

「つ、次に旅行するところだけどな……きゃまくらにしよう」

「……きゃまくらにするの？」

「鎌倉《かまくら》な！　鎌倉！」

慌てて言い換えると、栞は口元に手を当てる。ちょっとそこのお嬢さん、隠してても笑ってるのはバレてますよ。けれど、おかげで喋《しゃべ》りやすい雰囲気になった。

「鎌倉にはな、小町通《こまちどお》りっていう食べ歩きにぴったりのところがあるんだ。それにデカい大仏も見れる」

「ほんと！　食べ歩きも大仏もあるなんて、最高だね！」

「そうだろ？　だから俺は鎌倉を推すけど……大丈夫そうか？」

「もちろんだよ！　次は鎌倉旅行にしよう！」

栞は嬉《うれ》しそうな笑みを浮かべて、快く承諾してくれた。

これで次の旅行は鎌倉に決まりだ……しかし、まだ話し合いは終わりじゃない。

「きっと食べ歩きと大仏を見るだけだと時間が余ると思うから、残りの予定も今みたいに二人《ふたり》で話し合って決めよう」

「えっと……今みたいにってことは……」

「残りも栞が好きなところを選んでくれ。それを見て俺は一日のルートとか考えるから」

「……そんなに私が決めていいの？」

「言ったろ？　今度の旅行は、お前が好きなようにしていいんだ」

心配そうに訊《たず》ねてくる栞に、俺は安心させるように伝えた。

「……わかった。次の旅行には、私の好きを沢山詰め込むね！」

「おう。気にせずにドンと来い」

俺は胸を叩《たた》いて、栞に遠慮させないように言う。

それから二人で一緒に鎌倉旅行について話し合った。

その時、俺は心なしかいつも一人《ひとり》で旅行を計画している時よりも、楽しくてワクワクしている気がしたんだ。

◇◇◇

二人で旅行プランについて話し合った日から数日後。

前回と同じように休日を使って、俺たちは鎌倉旅行を決行した。

「海人《かいと》くん、海人くん！　鎌倉に到着だよ！」

「知ってるよ。てか、お前って駅に着いただけで毎回そのテンションになるの？」

「だって旅行が始まったって感じがして、つい楽しくなっちゃって！」

「まあ気持ちはわかるけども……」

正直、スタートから勢いマックスで来られると、こっちの身が持たないんだよなぁ。

しかも栞《しおり》って、興奮すると距離感バグったりするし。

「今日はまず食べ歩きからだよね！」

「そうだぞ。小町通《こまちどお》りは鎌倉《かまくら》駅のすぐ近くだからな」

「よーし！　今日はなまら食べるぞ～！」

栞はガッツポーズをして、やる気満々だ。

家だと遠慮しているらしいから、栞が本気になったらどれくらい食べるのか全く見当がつかない。……まさか、彼女の財布の中身が全部なくなったりしないだろうな。

少し心配になりつつ、俺たちは鎌倉駅から小町通りまで徒歩で移動する。

十分足らずで着くと、目の前の通りの両サイドに数多くの店が並んでいた。

子供連れの家族や老夫婦、外国人観光客など、様々な人々が訪れている。

「こんなに沢山お店があるんだね！」

「ほら、どこから行ってもいいぞ。食べ歩きの時間は一番長く取ってあるから」

栞はどうしようかな、とウズウズしながら店を眺める。

この時点で既にちょっと楽しそう。

「決めたよ！　最初はあそこにしよう！」

栞がビシッと指をさした先は、クレープ屋さんだった。

事前調べによると、あそこはメディアにも取り上げられたことがあるらしい。

「おっけー、じゃあ行くか」

「うん！　行こう！」

俺たちは一緒に歩き出す。

周りからしたら、ちゃんと俺たちは兄妹《きょうだい》に見えているのだろうか。

もしかして、恋人とかに思われたりしていないだろうか。

なんで俺がこんなことを思ったかというと、日光《にっこう》旅行の帰りの電車の時みたいに温かい目で見てくる人たちが、沢山いるからなんだけどな。

特に大人《おとな》のカップルや夫婦が、あらあらまあまあ、みたいな視線を送ってくる。

違うんです。俺たちは兄妹なんです。

「海人《かいと》くんはどれにするの？」

クレープ屋さんに着くと、栞が訊《たず》ねてきた。

「俺？　俺は……レモンシュガーってやつでいいかな」

「レモンシュガーだね。じゃあ私は一番人気のバターシュガーにしよっと」

二人《ふたり》して注文を決めると、このお店は食券を券売機で買うタイプなので、俺たちはそれぞれ食べたいクレープの券を買う。

それをカウンターにいる店員さんに渡すと、すぐに目の前で焼き始めた。

慣れた手つきで、鉄板に流した生地を成形する店員さん。

「見て、海人《かいと》くん！　あっという間にクレープになっていくよ！　すごいね！」

「確かにすごいけど、あんまりはしゃがないようにな。恥ずかしいから」

「パパッてやって、まさにプロの技って感じ！　私もクレープ屋さんのアルバイトを掛け持ちしちゃおうかな～」

「全然聞いてねぇ……」

数分後、クレープができあがると、俺たちはそのままお店の外にあるベンチに座った。

前回の旅行と同じで、今日も快晴でとても気持ちがいい。

「いただきまーす！」

早速、栞《しおり》がバターシュガーのクレープを一口パクリ。

その直後、みるみる幸せそうな表情に変わっていって、

「なまら～んま～!!」

天に向かって叫んだ。

グルメ番組かよ。通りすがりの人たちも少し笑ってるぞ。

「そんなに美味《うま》いのか？」

「なまら美味いよ〜！　海人くんも早く食べてみてよ！」

栞に促されて、そんなに美味いのかと思いつつ、俺もクレープを食べてみる。

「おっ、確かに美味いな！」

レモンシュガーのクレープは、甘いけどさっぱりしていて非常に食べやすかった。

加えて、生地が一般的なクレープ屋さんより分厚く外はカリカリしていて、そりゃ流行《はや》るな、と納得の味だった。

「ね？　美味《おい》しいっしょ？」

「っ！　お、おう……」

栞がこっちの顔を覗《のぞ》き込《こ》むようにして訊《き》いてくると、俺は思ったより彼女との距離が近くて心拍数が上がってしまう。てか〝しょ〟って北海道弁だよな。かわい——じゃなくて、破壊力が高い北海道弁だ。今後は注意しなければ。

そんなことを思いながら、俺たちはクレープをパクパク食べ進めていく。

すると、急に栞がこんなことを言ってきた。

「ねえ海人くん！　ちょっとだけクレープをばくりっこしようよ！」

「……？　ば、ばくりっこ？」

栞の口から訳のわからない言葉が出て、困惑する。

なんか野菜で似たような名前なかったっけ？　とか思っていると、

「あのね〝ばくりっこ〟っていうのは、〝交換〟ってことだよ！」

「そんな意味だったのか……」

語感だけじゃ絶対にわからないな。

そうなると、さっき栞《しおり》はクレープをばくりっこしようって言ったから……。

「ほい、どうぞ」

俺は自分のクレープをちぎると、栞に差し出す。たぶんこれで合ってるはずだ。

――しかし、栞はちぎったクレープの方ではなく、俺がもう片方の手で持っているサイズが大きいクレープにかぶりついた。

「ん～！　レモンシュガーもなまら～んま～！」

栞は幸せそうにモグモグする。

「おい!?　お前、何してんだよ!?」

「海人《かいと》くん、君に隙があったのがいけないんだよ。だから大きな方のクレープを食べられちゃったの。次からは気をつけないとね」

栞は不敵な笑みを浮かべて言ってきた。いや、それもそうなんだけど……。

「お前がいま食ったの、俺の食いかけだぞ」

「っ!?」

俺が明かすと、栞は顔を林檎《りんご》色に染めて、さらにあたふたする。

……だが、そのままの状態でこっちに向けて指をビシッとさして、

「そ、そんなこと知ってたよ！　想定通りだよ！」

「それにしては、動揺しまくってるように見えるけどな」

「そ、そんなことないもん!!　君だって澄ました顔しているけど、内心では動揺している
でしょ！」

「はぁ!?　そ、そんなことねーし!!」

反論する俺だが、実際はかなり心臓がバクバク鳴っている。

そりゃいきなりあんなことされたら驚くだろ。

「絶対に嘘《うそ》だよ！　だったら私が確かめてあげる！」

「確かめるって、一体何を――っ!?」

不意に栞が急接近してくると、そのまま俺の胸に耳を当ててきた。

おかげで、さっきまで鳴っていた心音がさらに騒がしくなる。

「ほ、ほら！　心臓がこんなにドキドキしてるよ！」

「そ、そうだな……その、もう勘弁してくれ。俺の降参だ」

白旗を上げると、栞はゆっくりと俺から離れていく。

彼女の顔は、限界くらいまで真っ赤《まか》になっていた。

「……クレープ食ったら、次の店行くか」

「……うん。あとで私の分のクレープもあげるね」

「お、おう……さんきゅ」

「……うん」

それだけ話したあと、俺たちは再びクレープを食べ始める。

気のせいか、さっき食べた時よりもレモンシュガーのクレープが甘く感じた。


あれから小町通《こまちどお》りのお店を巡って、二人《ふたり》で食べ歩きしまくった。

俺はそんなに食べる方でもないからすぐに満腹になったけど、栞《しおり》は予定時間ギリギリまで何かしら食べ続けていた。

食べ歩きを終えると、俺たちは鎌倉《かまくら》で定番の鉄道――江ノ電《えのでん》に乗って次の目的地まで移動している。

「海人《かいと》くん、一つ《ひと》訊《き》いてもいいかな？」

「ん？　なんだ？」

「ずっと気になってたんだけど、今日は『二人一人旅《ひとり》』じゃなくていいの？」

「……あっ」

確かに、どうして俺はこいつと一緒に旅行を楽しんじゃってるんだ。

栞と協力して旅行を計画したから、ノリで一緒に食べ歩きとかしちゃったわ。

「……次からは別行動にするか」

「それは絶対にダメ」

隣を見ると、栞がニコッと笑う。

「じゃあどうしていま余計なこと言ったんだよ。放っておいたら俺はそのまま気づかなかったかもしれないぞ」

「それは……海人くんが誰かと一緒に旅行することが、楽しいって感じてくれたのかなって思って……」

「……いや、それはないな」

そう返すと、栞は目を細めて疑うような視線を向けてくる。

「ほんと？　いま返答するまでに間があったような気がしたよ」

「そんなことないって。それよりこの江ノ電は住宅街を通っていて、さらには民家すれすれを通るんだぞ。ちょっと窓の外を見てみろよ」

「そうやって話を逸《そ》らそうとして。そんなのに私が引っ掛かるとでも——ほんとだ！　危ないよこれ！　もう家の外壁と電車が当たっちゃいそうだよ！」

「そうなんだよ。でも、ギリギリのところで当たんないんだよなぁ」

「私、ちょっとこの電車が恐《こわ》くなってきたかも……」

栞《しおり》は少し青ざめる。いや、そこまで恐《こわ》がらなくても。

……けどまあ、我ながら上手《うま》く話を変えられたな。

「ちなみに私はね、今日も海人《かいと》くんとの旅行、なまら楽しいよ！」

「……そうかよ」

栞が自然に発した一言に、俺は少し顔を背ける。

彼女は恐いと言いつつも、窓から電車に当たりそうで当たらない住居が流れていく様を興味深そうに眺めていた。……これは暫《しばら》く彼女の方を向かない方がいいな。

自身の顔が熱くなっているのを感じながら、俺はそう思った。


江ノ電《えのでん》に乗ることおよそ五分。

長谷駅《はせえき》に到着すると、俺たちは栞が大好きな大仏がある高徳院《こうとくいん》へ向かった。

「なまらでっかーい！」

栞は全長十一メートル以上ある巨大な大仏——鎌倉《かまくら》大仏を見上げる。

もう少しで後ろに倒れてしまいそうなくらい、体が反り返っていた。

「海人くん、大仏ってこんなに大きいんだね！」

「確かに、これはデカいな」

もしいま倒れたりしたら、二人《ふたり》ともあっという間にぺしゃんこになってしまうだろう。

そう思うと、少し恐《こわ》いな。

ところで、高徳院《こうとくいん》に着いた時に別行動をしようとしたら、栞《しおり》に全身で止められた。

挙句、栞を体から離そうとしたら、彼女を襲っていると勘違いしたお坊さんが大量にやってきて、もう大変な目に遭った。結果、俺は諦めて彼女と一緒に観光している。

「鎌倉《かまくら》大仏はな、最初に建てられた時は全身が金色だったんだぞ」

「そうなの？　じゃあどうしていまは青色になっているの？」

「台風と大地震で損壊したらしい。……で、建て直すときに青銅を材料にして今の鎌倉大仏になったんだよ」

「だから、この大仏はこんなに青いんだね……」

栞はちょっと悲しそうに大仏を見ている。

彼女としては、金色から青色に変わったことは可哀《かわい》そうに感じたのかもしれない。

対して、俺は金より青の方がいいと思ってる。だってこの青は一度失敗したものをまた何年もかけて必死に再生させた証《あか》しだからな。

「ねえねえ海人《かいと》くん、これで私と大仏さんを一緒に撮ってくれないかな？」

「ん？　別にいいぞ」

栞にデジカメを差し出されて、俺は受け取る。

彼女は大仏の前に立って、両手にピースを作った。

「いくぞ〜ハイ、チーズ」

パシャリと写真を撮る。さすが俺だ。栞と大仏が最高のバランスで撮れたな。

「ありがとう！」

「おう。このくらい別にいいよ」

「うん。じゃあ……はい」

俺がデジカメを返すと、なぜか彼女は俺の前に手を出してくる。

「俺は犬じゃないぞ」

「お手をしてって意味じゃないよ。ちょっとデジカメを貸してみて」

「デジカメって、俺のか？」

こくりと頷《うなず》く栞。ほうほう、大体こいつがやりたいことはわかった。

「絶対に嫌だね」

「なしてさ！」

「な、なし……？」

「なんでって意味だよ！」

「なんでって……そりゃまたお前が俺の写真を撮るつもりだからだろ」

そう言ったら、栞の頬《ほお》が膨らんだ。そんな顔しても写真を撮らせるつもりはないけどな。

「あっ、あっちにUFO《ユーフォー》がいるよ！　よし、今のうちに写真を——」

「そんな言葉に騙《だま》されるか！」

デジカメを奪おうとしている栞《しおり》の手を、ひらりと躱《かわ》す。

すると、彼女はムッとして、

「海人《かいと》くんって、なかなか諦めが悪いんだね」

「どっちがだ⁉」

俺はツッコミを入れつつ、空いている手を額に当てて呆《あき》れた。

まったく、こいつは……。

「そういや大仏の中に入れるんだけど、行くか？」

「いまは海人くんの写真を撮るのが優先！」

「でもこんなことしてたら、予定時間過ぎて見れなくなっちゃうかもな」

「しょうがないなぁ。海人くんがそんなに行きたいなら大仏の中に行こっか」

栞は一瞬で手の平を返すと、すぐに大仏の方へ歩いていく。大仏パワーすげぇ。

「大仏ってね、可愛《かわい》いんだよ。いつも穏やかだし大きくてカッコいいし！」

続いて、突然始まった栞の大仏トーク。

知ってはいたけど、栞って俺の想像の五倍くらい大仏好きなんだな。なんて思いつつ彼女の大仏トークを聞きながら、二人《ふたり》で大仏の中まで歩いていった。

「大仏の中って、外から見るよりも人の手で造られてるって感じがしたな〜」

二人して再び江ノ電《えのでん》で移動している最中、栞は先ほど撮った大仏の中の写真を眺めながら感想を述べていた。

大仏の中は大きな空洞になっていて、像の継ぎ目や後から像を補強した様子を見ることができる。要するに、人の手が加えられた部分がはっきりと見えるんだ。

だから、栞みたいな感想を抱く人は多い。

「それに大仏に触っちゃったし！」

栞は自分の手を眺めながら、宝石みたいな瞳をキラキラさせている。

「大仏の中だと触ってもいいからな」

鎌倉《かまくら》大仏は国宝だ。普通は触っちゃいけないんだけど、大仏の中からの接触は許されている。そのため鎌倉大仏は唯一の触れられる国宝仏と呼ばれている。

俺も触ったけど、古びた青銅に手を当てると、何百年もの年月と歴史の重みを感じた。

「大仏もかなりすごかったけど、次はもっとすごいものが見れるぞ」

「富士山！　だよね！」

「その通りだ」

これから俺と栞《しおり》は富士山を見に行く。

もちろん、これも今回の旅行で栞が希望したことだ。

富士山は山梨と静岡でしか見れないもの、と思っている人もいるかもしれないが、そうでもない。関東だと結構見れるところは多いのだ。

その一《ひと》つが現在、俺たちが向かっている七里ヶ浜《しちりがはま》。

江ノ電《えのでん》が止まる鎌倉《かまくら》高校前という駅の近くにある砂浜で、そこからだと富士山が綺麗《きれい》に眺められる。特に俺たちが着く予定の夕方くらいが、夕焼けの中に富士山が見えて感動するほど美しい。

「私、初めて富士山を見るから、なまら楽しみ！」

「俺も富士山見るの久しぶりだから、めっちゃ楽しみだわ」

栞との旅行のために、山梨旅行を中止にしたからな。ちょうどそれの穴埋めになった。

「海人《かいと》くんは七里ヶ浜には行ったことあるんだよね？」

「何回か、な。家からそんなに遠くないし」

「じゃあ、その……夕日に当たってる富士山って、どんな感じかな？」

「そりゃもう絶景よ」

刹那《せつな》、栞は透き通った瞳を煌《きら》めかせる。

「私も早く富士山見たいな～！　絶対に写真に収めなくちゃ！」

栞はデジカメを握りしめて、ものすごく楽しみにしている。

そんな彼女を見て、早く富士山を見せてあげたい、と俺は素直に思ってしまった。

しかし――。

「……嘘《うそ》、だよね」

鎌倉高校前駅に着いた瞬間、栞は呆然《ぼうぜん》とする。まるで魂が抜けたようだった。

けれど、そうなってしまうのも仕方がない。

「見事な雨だな」

駅のホームから空を眺めると、ぽつぽつと音を立てて雨が降っていた。

高徳院《こうとくいん》で大仏を見ていた時は全く問題なかったが、江ノ電に乗っている最中に雲行きが怪しくなって、鎌倉高校前に着いたらこの有様だった。

天気予報だと今日は一日中、晴れだったのにな。

「……富士山」

ぽつりと呟《つぶや》く栞。

可哀《かわい》そうだけど、さすがにこの天気では富士山は拝めないだろう。

「ここにいてもしょうがないし、とりあえず鎌倉駅に戻るか」

「でも、せっかく富士山を楽しみにしていたのに……」

「遠いわけでもないから、また来たらいいだろ？　な？」

「……そうだね。また来たらいいよね」

そう言っているが、栞《しおり》は沈んだ顔をしていた。

だいぶメンタルやられてるな……。

「また小町通《こまちどお》りでなんか食べるか。あそこは屋内で飲食できる店もあるし。なんだったら奢《おご》ってやってもいいぞ」

「……うん、ありがとう」

栞は頷《うなず》くが、さすがに元気は戻らない。

どうして今日に限って天気が悪くなるんだ……。

悲しむ彼女を見て、俺は今までにないくらい胸が締めつけられた。


「ここのカフェ、なかなかお洒落《しゃれ》だろ？」

「……うん」

鎌倉《かまくら》駅に戻ると、俺と栞は小町通りにある洒落たカフェに入った。

しかし依然、彼女は落ち込んだままだ。

「美味《おい》しい料理とかデザートとかあるぞ。食べるか？」

「……うん」

「ほらメニュー表、奢ってやるから何食べてもいいぞ」

「……うん」

ダメだこりゃ。栞が「うん」以外、何も言わない子になってしまった。

美味しい物を食べさせたら、普段の彼女に戻るかもと思っていたのに、食べる気力すらなさそう。どうやったらいつもの調子に戻るんだか……。

「これ、超キレイだよね？」

「まじキレイ！　あたしもあとで買ってこよっかな〜！」

俺たちが座っている席のすぐ傍《そば》の席——女子大生っぽい二人《ふたり》組が会話をしていた。

片方の女性がかんざしを髪につけていて、それについて話しているみたい。

二人が言った通り、綺麗《きれい》な模様のかんざしだった。

たぶん小町通りに売ってると思うんだけど……どこの店だろう？

「っ!?　おいおい嘘《うそ》だろ……」

ふと店内の窓から外を眺めると、驚いたことにいつの間にか雨が止《や》んでいた。

それどころか雲一《ひと》つない、綺麗な空だった。

雨は止んだ……けど……。

外はもう真っ暗だ。今から七里ヶ浜《しちりがはま》に行っても、富士山は絶対に見えない。

「……なしてさ」

栞《しおり》が悔しそうに唇を噛《か》む。いつもはもっと楽しそうに北海道弁を話すのに……。

これは本当に食事するような雰囲気じゃないな。

「……帰るか」

俺の言葉に、栞は静かに頷《うなず》く。何も注文せずに出るのは失礼なので、持ち帰り用のコーヒーを購入して、俺たちは店を出た。


「いや〜今日は食べ歩きしたり、大仏見たり、まあまあ楽しかった旅行だったな」

「……うん、そうだね」

鎌倉《かまくら》駅の改札前。俺は何とか盛り上げようとするが、相変わらず栞は落ち込んだままだった。……俺ごときのトークセンスじゃ、元気づけることはできないか。

「ごめんなさい」

なんて思っていたら、急に栞が謝った。

「どうして謝るんだよ？」

「きっと私のせいで雨が降っちゃったんだよ。私がいなかったら海人《かいと》くんだけでも富士山を見ることができたと思う」

「は？　そんなわけないだろ。そもそも俺だってお前と一緒にいたんだから、俺が雨男の可能性だってある。てか、たぶんそうだ。すまんな」

栞の言葉を必死に否定するが、彼女は首を横に振った。

「だって初めてあの場所に行って、雨が降っていて……でも、こっちに戻ってきたら雨が止《や》んだんだよ。きっと私のせいだよ」

「そんなことないって言ってるだろ」

フォローしても、栞の表情はずっと暗いままだ。

今日の日帰り旅行は、既に全日程を終えている。あとは家に帰ったらいいだけだ。

……でも本当にそれでいいのか。

彼女にこんな悲しい顔をさせたまま、終わっていいのだろうか。

自問をするが、答えはとうに決まっていた。


いいわけないだろ！


こんなのは到底、完璧な旅行とは言えない。

このまま終わったら、旅行好きとしてはただの恥さらしだ。

強く拳を握りしめたあと、俺は考える。

栞《しおり》がこの旅行が楽しかったと、この旅行をして良かったと思えて終えられる方法を。

「……っ！　栞、ちょっと待っててくれるか？」

「えっ、どこかに行くの？」

「小町通《こまちどお》りで買うもの思い出してな。ちゃんと待っとけよ？」

「……う、うん」

栞が頷《うなず》いたのを見て、俺は急いで小町通りに向かった。

この時の俺は栞を笑顔にしたい、その一心だった。


「ふぅ、いい時間に電車があって助かった」

小町通りから戻ってきた俺は、そのまま栞と一緒に電車に乗った。

電車が来たのは、ちょうど俺たちがホームに着いたタイミングだった。

「海人《かいと》くん、なにを買ってきたの？」

「まあちょっとな……」

栞の質問に、俺は誤魔化《ごまか》すように答える。

とりあえず席に着いて、落ち着いたところで話したい。

二人《ふたり》で適当に空いている座席に座ると、俺は紙袋から小町通りで買ってきたものを取り出した。

「……かんざし？」

「おう、大正解だ」

俺が小町通りで買っていた物は、かんざしだった。

端の部分に桃色のビーズが付けられていて、それには可愛《かわい》い花柄の模様が入っている。

おそらく、カフェの店内で女子大生たちが話していたものと同じ店のもの。

「……君が使うの？」

「そんなわけないだろ。これはだな、えっと……」

言葉に詰まっていると、栞は不思議そうに首を傾《かし》げる。

こいつ、察しが悪いなぁ……。

「このかんざし、お前に似合うと思ったんだよ」

「私に似合う……っ！」

やっと理解したのか、栞は綺麗《きれい》な瞳を見開いた。

それから彼女の視線が俺とかんざしを行ったり来たりする。

「……でも、どうして？」

「そりゃお前がずっと元気ないからに決まってるだろ。……それにせっかくの旅行が嫌な気持ちのまま終わるのは一番良くないからな」

旅行はとても、とても楽しいことなんだ。悲しい気持ちで終わるなんてあり得ないし、旅行好きとして天気ごときのせいで栞《しおり》に旅行を嫌いになって欲しくなんかなかった。

「……本当にいいの？」

「お前のために買ってきたんだ。……まあいらないなら俺が持っとくけど」

それに栞はぶんぶんと首を左右に振る。

「いらないわけないよ！　すごく嬉《うれ》しい！」

「そ、そっか。……じゃあ、これ」

かんざしを差し出すと、栞は大切なものを扱うように両手で受け取る。

そして、彼女は髪をかき上げると、丁寧にかんざしで一本にまとめた。

「……ど、どうかな？」

栞はちょっぴり恥ずかしそうに訊《たず》ねてくる。

髪を結った彼女は普段より一層、大和撫子《やまとなでしこ》っぽさが増したというか、美人になったというか……こういう時なんて言えばいいんだ？

「え、えっと……とても綺麗《きれい》だと思う」

「っ！　あ、ありがとう……」

栞は控えめな声でお礼を返すと、すぐに下を向いてしまった。

一方、俺も自分が言ったことが恥ずかしすぎて、それ以上何も言えなくなってしまう。

暫《しばら》く、電車が走る音と他の乗客の声だけが聞こえる。

「ねえ海人《かいと》くん」

「……なんだ?」

呼ばれて返事をすると、

「旅行って、なまら楽しいね!」

栞《しおり》はにこりと可愛《かわい》らしく笑った。

それに俺の心臓がわかりやすいくらいドキドキする。

「お、おう。なら良かった」

「うん! でもね、たぶん海人くんと一緒に行く旅行が一番楽しい!」

「一番って……そもそも俺と以外、旅行したことないだろ」

「そうだけど……きっと海人くんと一緒の旅行が一番だって思うの!」

「なんだよそれ」

……けれど、彼女の言葉はとても嬉《うれ》しかった。

特に今日の旅行は栞の好きを詰め込んで、栞のために計画したものだ。

そんな旅行を本人が楽しかったって言ってくれることが、こんなにも嬉しいのか、と自分でも驚いた。今まで通り一人《ひとり》旅を続けていたら、絶対に気づかなかったことだろう。

「次はいよいよ函館《はこだて》旅行か」

今日で予定していた日帰り旅行を二回とも終えた。

次回は、栞の父親の旅日記に書いてある初めての旅行だ。

「それで海人くんとの最後の旅行なんだよね……」

「まあそうなるな」

二人《ふたり》で旅行に行くのは函館旅行まで。それが俺と栞との間で交わした約束だ。

「あのね海人くん、もし良かったらなんだけど――」

不意に栞が何かを言おうとして、止《や》めた。

「どうした？」

「ううん、やっぱり何でもない」

結局、栞はそれ以上何も言わなかった。

……だが、俺は彼女が口にしようとしていた言葉が何となくわかっていた。

それを聞いた時、果たして俺はどう答えたのだろう。

電車で帰っている間ずっと考えていると、気づいたら母《かあ》さんの写真が入ったロケットペンダントを握りしめていた。

◇◇◇

鎌倉《かまくら》旅行から数日後。学校から帰宅した俺はリビングでスマホをいじっていた。

「おぉ海人《かいと》、いたのか」

無駄にイケメンな声と共に部屋に入ってきたのは、父《とう》さんだ。

「あれ？　栞《しおり》ちゃんは？」

「アルバイトだよ。俺は今日休み」

「あっ、なるほどな」

「で、父さんは？　仕事中じゃないの？」

「いやぁ、それが家に大事な資料忘れちゃってさ」

ガハハ、と笑う父さん。笑い事じゃないだろ……。

「それにしてもお前、どうしてそんな真剣にスマホ眺めてんの？　スケベな動画か？」

「アホか。普通に休日の函館《はこだて》の天気を調べてんだよ」

鎌倉旅行の時も事前に調べて晴れ予報だったけど、結局、雨が降ってしまった。

だから今回は複数の天気予報サイトを駆使して、確実に晴れの日を狙う。

調べたところによると、来週の休日の函館は一日中晴れみたいだ。

じゃあ函館旅行は、その日が狙い目だな。

「函館……？　あぁ、そうか。今度、栞ちゃんとまた旅行に行くんだもんな」

父さんは思い出したかのように言った。

彼と京香《きょうか》さんには、既に函館旅行の件は伝えている。

「なんかさ、お前変わったよなぁ。ついこの前まではずっと一人《ひとり》で旅行していたのに、今となったら妹のために旅行の行き先の天気をチェックするなんて」

「うるさいな、別にいいだろ……」

「そんなツンケンするなよ。親父《おやじ》としては息子が成長してくれて嬉《うれ》しいんだから」

「わかったって、もうさっさと戻ってくれ」

「へいへーい」

軽い返事をすると、父さんはリビングから出ていった。まったく、余計なことばっかり喋《しゃべ》りやがって。しかも、言ってることが全部当たってるのが一番腹立つ。

父さんが言った通り、以前の一人旅しかしてこなかった俺はたとえ頼まれたとしても、誰かのために旅行の準備をすることなんてなかったと思う。

ぶっちゃけ今だって、栞のためにあれこれするのは面倒くさい。

……でも、旅先で見せてくれる彼女の笑顔を思い出すと、不思議と嫌にはならなかった。

「今までで、一番楽しい旅行になったらいいよな」

次で栞と最後の旅行であることを考えると、自然とそんなことを呟《つぶや》いていた。

○幕間《まくあい》二　『二人《ふたり》一人《ひとり》旅日記』

今日は日帰りで海人《かいと》くんとの鎌倉《かまくら》旅行。

海人くんが私の好きを詰め込んで計画をしてくれた旅行だった。

正直、それだけで私は嬉《うれ》しかったけど、旅行自体も最初の方は最高だったの！

海人くんと一緒にクレープとかソフトクリームとか沢山食べ歩きをして、どれも本当に美味《おい》しかった！

初めて生で見た大仏も、想像の倍以上に可愛《かわい》くて大きくてかっこよかった！

日光《にっこう》旅行も楽しかったけど、今回はそれ以上に楽しい旅行になるだろうなって、そう思ってた。

それなのに、私のせいで雨が降っちゃって、富士山が見れなくなっちゃって。

落ち込まないようにしても、全然ダメで……。

私のせいで旅行が台無しになっちゃったって思った。

だけどね！　そしたら海人くんがなまらめんこいかんざしをプレゼントしてくれたの！

おかげで、沈んでた気持ちが一瞬で飛んでっちゃった。

彼はそんなことないって言ってたけど、私は海人くんとの旅行が絶対に一番楽しい！
きっとこれから誰と旅行をしても、海人くんと一緒が一番だと思う。
けれど、次の函館《はこだて》旅行が海人くんとの最後の旅行なんだよね……。
ちょっと寂しいけど、しょうがないよね。

でもね私、本当はもっと海人くんと——。

KAMAKURA MAP

Traveler's Companion
旅のしおり

今回は行かなかったけど、鶴岡八幡宮方面へ行くと源頼朝の墓があったりするぞ

めちゃくちゃ大きそうだね！

古墳じゃないぞ？

○第四章　同い年の妹と最後の旅行

函館《はこだて》旅行の前日の夜。俺は荷物の最終確認をしていた。今回は一泊二日の旅行なので、着替えやら何やらで日帰り旅行より持っていく物が多いからな。

……さて、これで準備はできたかな。

一通り荷物の確認を終えると、他に忘れていることがないかチェックする。

「あっ、そういやこれどうするか……」

首に着けているロケットペンダントのことを思い出す。

一人《ひとり》旅の時はもちろん、栞《しおり》との旅行でも毎回持っていっている。

でも……。

――今回は留守番してもらうか。

俺はロケットペンダントを外した。

函館旅行は、栞が彼女の父親が実際にどんな旅をしてきたのか知るために行くんだ。

それなのに、俺の母《かあ》さんの写真を連れていくのは少し違う気がした。

「ごめんな、母さん。またすぐ面白い場所に連れてってやるから」

俺はロケットペンダントを開けて謝りつつ、それをローテーブルの上に置いた。

母《かあ》さんも一回くらいは許してくれるだろう。これでもかってくらい優しい人だからな。

あと他には……スマホの充電を忘れずにしておかないと!

旅先でスマホの充電が切れたら、笑い話にもならない。

……あれ、おかしいな。

スマホに充電器を挿しても、全く充電されない。もしかして壊れたか?

それから何回も充電器を指しても、一向にスマホに充電マークが出ることはなかった。

こりゃ買いにいかなきゃダメっぽい。コンビニ行くか……。

俺は軽く外向けの服装に着替えると、部屋を出た。

旅行に行く前日に充電器が壊れるって、タイミング悪すぎだろ。

◆◆◆

「海人《かいと》くん、いるかな?」

函館《はこだて》旅行の前日の夜。私は海人くんの部屋の前にいた。

準備はできたけど、念のため明日の旅行に必要な物をチェックしてもらうためだ。

初めての宿泊旅行だから、忘れ物とかしてそうだし。

「少し話があるんだけど……ひょっとして寝ちゃってる？」

けれど部屋の扉は少し開いていて、光が漏れていた。

寝てはいないのかな……？

「入るね」

扉を開けると、部屋の中央に明日使うと思われる大きなリュック。

その傍《そば》にはローテーブルがあって、部屋の右側にはベッド、左側には本棚があって多くの旅行に関するガイドブックが並べられている。

「綺麗《きれい》な部屋……」

男の人なら、もう少し散らかっていても別にいいのに。さすが〝完璧くん〟だ。

――と思っていたら、ふとあるものが目に入った。

これって……。

ローテーブルの上に、開いたままのロケットペンダントが置かれている。

それには以前見た時と変わらず、美しい女性――海人くんのお母様《かあさま》の写真が入っていた。

「何回見ても綺麗な女性だな～」

もし海人くんのお姉《ねえ》さんだと言われても、たぶん簡単に信じてしまう。

海人くんのお母様って、どんな人だったんだろう。

とても優しい雰囲気はあるけど、こう見えて元気いっぱいなお母様かもしれない。

……でも、こんな風にロケットペンダントに写真を入れているってことは、きっと海人《かいと》くんはお母様《かあさま》のことが大好きだったんだよね。

「おーい海人～お前にいいもん持ってきてやったぞ～」

不意に武志《たけし》さんが階段を上がってきた。部屋にいたらまずいかも！　と思ったけど、脱出する前に武志さんが海人くんの部屋に入ってきてしまう。

「栞《しおり》ちゃん、海人の部屋なんかいてどうしたの？」

「そ、その……海人くんに明日持っていく荷物の確認をしてもらおうかなって」

「なるほどなぁ……夜這《よば》いか」

「っ!?　ち、違いますよ!?」

否定すると、武志さんは大声で笑った。

「ジョークだよ。でもそっか、海人いないのか……」

「どうかしたんですか？」

「いやぁ、海人に旅先で役に立つミニボードゲームを渡そうと思ったんだけどなぁ」

「あっ、そうなんですね……」

みにぼーどげーむ？　はよく知らないけど、武志さんが持っているものは明らかに子供向けだった。たぶん海人くんはいらないって言うかな……。

「……あれ？　海人のやつ、ペンダントをこんなところに置いてるけど、風呂入る時以外で外してるの初めて見たな」

「そうなんですか？」

「そうだよ。余程のことがない限りは常に身に着けてるから。……もしかして旅行に持って行かないつもりなのか？　だとしたら珍しいな」

「珍しいって……いつも旅行にペンダントを持って行ってるんですか？」

「持って行ってるよ。ひょっとして栞ちゃん知らないの？　あいつはさ――」

私は武志さんから大切な話を聞いた。

とても大切な話だ。


それから武志さんが部屋を出て、一人《ひとり》になった。

私は先ほどのお話と海人くんのお母様の写真を思い出す。

そして――。

私は一《ひと》つの決断をした。

◇◇◇

翌日。ついに函館《はこだて》旅行の日がやってきた。

俺たちは朝一で家を出ると、バスと電車を利用して羽田《はねだ》空港へ行き、そこから一時間半ほど飛行機に乗って、新千歳《しんちとせ》空港——ではなく函館空港に到着。

北海道の空港は新千歳空港しかないいんじゃないの、って思ってる人も多いかもしれないが、函館にもあるし何なら他にも沢山ある。

北海道に着いても特に寒さは感じなくて、六月の北海道がかなり過ごしやすい気温であることに驚きつつ、俺たちは旅の予定を確認する。

「事前に話していた通り、今日は栞《しおり》のお父《とう》さんの旅日記を基に旅行していくからな」

「うん、わかってる」

栞はこくりと頷《うなず》いた。日帰り旅行の時はあれこれと計画を練ったけど、今回は栞が父親のことを知りたいという目的を果たすために、彼の旅日記通りに観光していく。

だから、話し合いも昨日の放課後に少ししただけだ。

ちなみに鎌倉《かまくら》旅行で栞に渡したかんざしだが、彼女は自分の部屋で大切に保管してくれているらしい。

彼女曰《いわ》く、嬉《うれ》しすぎるから大事にしたいとのこと。

「まずは、五稜郭《ごりょうかく》タワーからだな」

「五稜郭タワーかぁ。私ね、ずっと北海道にいたけどまだ一回も観《み》れてないいんだよね」

「ならちょうど良かったな。俺も前から気になってたし、早速行くか」

俺たちは最初の目的地の五稜郭タワーに行くために、空港のバスターミナルに向かう。

俺はリュックを背負って、栞はスーツケースを転がしている。

本当は彼女もリュックにするつもりだったらしいけど、俺が止めた。

女子でさらに初の宿泊旅行をする人が、一泊二日分の荷物を持ちながら歩き回るのはかなりハードだからな。

「そういえば、今日は『二人一人旅《ふたりひとりたび》』をしなくていいのかな？」

栞が少しいたずらっぽい表情で訊《たず》ねてくる。

「栞は自分の父親がどんな旅をしてきたか知るために、わざわざ函館まで来たんだろ。なら今日だけは特別にお前に協力してやる」

「そ、そっか……」

意外な答えだったのか、栞は少し驚いたような反応を見せる。

「じゃあ今日だけはずっと二人一緒に旅をする――つまり、二人で一人みたいな旅をする『二人一人旅』ってことだね！」

栞は嬉しそうに笑った。なんだよそれ……。

彼女とは、今日で最後の旅行だ。

どうせだったら、最後も旅行を存分に楽しんで終えて欲しい。

彼女の笑顔を見て、俺は素直にそう思った。

まあ思っていても、恥ずかしいから絶対に口には出せないけどな。

◇◇◇

函館《はこだて》空港からバスで移動すること約三十分。

最初の観光地の五稜郭《ごりようかく》タワーに到着するなり、まずは一階のコインロッカーに必要ない荷物を預ける。続いて、俺たちはすぐに展望台に上がった。

「小学校の時の教科書でよく見たけど、五稜郭ってやっぱり星形になっているんだね！」

栞《しおり》は興奮気味に、展望台から遥《はる》か下にある五稜郭を眺めている。

地上からだとわからないが、上から五稜郭を覗《のぞ》くと綺麗《きれい》な星の形をしているのだ。

五稜郭とは、簡単に説明すると戦闘用の城で、星の先端の部分には砲台が設置できるようになっている。また新選組《しんせんぐみ》で有名な土方歳三《ひじかたとしぞう》ゆかりの地でもある。

「俺も実際に見るのは初めてだけど、本当に綺麗な星形だな」

それなのに戦闘用の城としてちゃんと機能するからな。

周りの堀には水が流れているせいで橋がある二か所以外から敵は侵入できないし、城を囲む石垣は高いし武者返しなどで登りにくくなっているし。

「海人《かいと》くん、ちょっとこっち来てくれるかな？」

「ん？　どうした？」

「いいから早く早く！」

栞が手招きして呼んでくるので、俺は仕方がなく彼女の下《もと》へ。

「で、なんかあったのか？」

「うん、ちょっとね……」

すると、栞はなぜか俺の後ろに回り込んで――。

「えいっ！」

急に俺の背中を押してきた。

でも、そんなに力は強くなくて一歩だけ進んだくらい。

――って、足元には地面がない!?

「おぉ!?　落ちる!?」

と思ったけど、ただ床がガラス張りになっていただけだった。

ガチで焦ったぁ。

「海人くんは、ビビりさんだべさ！」

俺の様子を見て、栞がいたずらに成功した子供みたいに笑っている。こいつ……。

「栞、ちょっとこっち来れるか？」

「絶対に嫌だ。それよりあっちに限定のキーホルダーとか売ってるからそっち行こうよ！」

急に栞《しおり》が俺の腕を掴《つか》み、そのまま彼女に連行されてしまう。

ちくしょう、逃げられた……。

「ほら！　これめんこいっしょ？」

栞に連れてこられた売店には、様々な五稜郭《ごりょうかく》タワー限定のキーホルダーやぬいぐるみなどが陳列されていた。

「確かに、どれも可愛《かわい》いな」

「だよね！　特に私はこのキーホルダーがお気に入りかな！」

栞が指さしたのは、五稜郭を象徴する星の形をしていて、さらに五稜郭タワーに可愛らしい顔がついたキャラクターがいるキーホルダーだった。

なんだこの何ともいえないフォルムのキャラクター……。

「これね、GO太《ゴータ》くんっていう五稜郭タワーのイメージキャラクターなんだよ！」

「そうなんだ。なんか……いい感じのキャラクターだな」

とりあえず当たり障りのないことを言うと、

「良かった！　海人《かいと》くんも気に入ってくれたんだね！」

栞は透き通った瞳をキラキラさせている。

本当は微妙って思ってることなんて、絶対に言えない……。

「店員さん！　ＧＯ太くんのキーホルダーを一《ひと》つください！」

「はーい、かしこまりました～」

早速、栞は五稜郭タワー限定のＧＯ太くんのキーホルダーを購入するみたいだ。

次いで、彼女はバッグから財布を出そうとする……が、片手でバッグの中を探している
ため、なかなか財布が見つからない。

「あのさ、その……両手使えばいいんじゃないか？」

「うん。でも、片方が塞がっていて無理なんだよ」

「だからさ、えっと……手を離せばいいかなって」

「……？」

栞が不思議そうに自分の手元を見ると、彼女の手はがっちりと俺の手と繋《つな》がれていた。

「ご、ごめんなさい！　ずっと握っちゃってて！」

「いや、俺もなんか言い出せなくて……すまん」

栞が気づいた瞬間、すぐに手が離れたけど、まだ僅かに彼女の体温が残っている。

彼女の手は、少し冷たくてとても小さかった。

「もし良かったら、カップル割引とかありますよ～」

不意に女性の店員さんがニコニコしながら伝えてきた。彼女の両手にはＧＯ太くんのキ
ーホルダーが二《ふた》つ。割引するから俺にも買えってことですか。

「いや、結構で――」

「……お、お揃《そろ》いとかいいべさ」

言葉の途中、隣から小さい声で何か聞こえた。

隣を見ると、栞《しおり》はこっちを見ないようにして、もう一度口を開く。

「わ、私、誰かとお揃いの物とかないから、お揃いの物が一《ひと》つくらいあってもいいべさ」

栞は指をつんつんしながら、べさべさ独り言のように話している。

さらには、チラチラとこっちを見てくる。……しょうがないな。

「二《ふた》つください」

「ありがとうございます～」

やってやったぜ、みたいな顔を見せる店員さん。腹立つわ～。

その後、俺と栞はそれぞれお金を出してGO太《ゴータ》くんのキーホルダーを購入した。

「これで良かったのか？」

「あ、ありがとう。海人《かいと》くん……」

キーホルダーを手に持つと、栞は顔をかぁーっと赤くする。

そんな彼女を見ていると、こっちまで顔が赤くなりそうだ。

「その……別にいいよ。俺も初めて誰かとお揃いの物を買ったし」

「っ！　は、初めて同士だったんだ……」

「そ、そんな風に言わなくていいから！　そ、それより……そろそろ次行かないと」

「う、うん、そうだね。次に行こう」

俺たちは二人《ふたり》して顔を赤くしたまま、下に降りるためにエレベーターに向かって歩く。

その間、栞はＧＯ太くんのキーホルダーを大切そうにぎゅっと抱きしめていた。

◇◇◇

五稜郭《ごりょうかく》タワーを出た俺たちは昼になって腹も空《す》いてきたので、昼食をとることにした。

場所は五稜郭公園前、ラッキーピエロという道南最大のファストフードチェーン店。

ここも当然ながら栞の父親の旅日記に記されており、彼も五稜郭タワーで景色《けしき》を眺めた後ここで昼食を食べたみたいだ。

「私ね、ファストフード店に入るの初めてなの！」

レジの前で順番待ちの間、栞が急にカミングアウトしてきた。

「そうなのか……？」

「うん、放課後に同級生の人たちが楽しそうにマックとかに入るのを見ながら、私はすぐに帰って旅館のお仕事をしてたから」

「お、おぉ……そりゃ大変だったな」

しまった、触れづらい話題になってしまった。てかこれくらい察せよ、俺。

「でも、ここって本当にファストフード店なの？」

「なんでそんなこと聞くんだ？」

「だって、なんかそういうお店っぽくないから」

栞《しおり》が指摘した通り、店内は可愛《かわい》い天使の絵画や天使の人形が数多く置いてあって、ファストフード店感はあんまりない。

けれど、ラッキーピエロはれっきとしたファストフード店であり、メニューにもハンバーガーとかファストフード店らしい品物が書いてある。

「店内がこんな風になってるのは、ちゃんとした理由があるんだ」

「？　どんな理由があるの？」

栞が問い返すと、俺はラッキーピエロの店内について話し始めた。

ラッキーピエロは全部で十七店舗あり、一店舗ずつテーマを持っている。

そして、そのテーマによって店内がディスプレイされているのだ。

ある店舗は一九五〇年代のアメリカを思わせる雰囲気にしていたり、ある店舗は熱帯雨林をイメージしていたり。

俺たちがいる店も天使をテーマにしているから、天使の絵画や人形が沢山あるのだ。

「お店ごとに装いが違うんだ！　面白そうだし、全部行ってみたくなっちゃうね！」

「そう！　そうなるのがラッキーピエロの魅力なんだよ！　普通のファストフード店は、この店舗は行ったから、次はあっちの店舗に行こう、とはならないからな」

ちょうど話の盛り上がりが頂点になって、キリがいいタイミングで店員さんに呼ばれた。

それにしても栞って聞き上手《じょうず》だよな。俺が話している間もいつもみたいに興味津々に頷《うなず》いてくれて、正直かなり話しやすかった。

元若女将《わかおかみ》のコミュ力が半端ないっていうのもあるけど、それだけ旅行に関することがたまらなく好きなんだろうな。

俺と栞は注文を済ませると、頼んだメニューを受け取って空いている席に座った。

俺が頼んだのは店で一番人気のメニューのチャイニーズチキンバーガーで、栞が頼んだのは店名が入ったラッキーエッグバーガーだ。

「おぉ！　これは美味《うま》い！」

口に入れた瞬間、すぐに旨味が広がった。

甘辛いタレに漬け込まれたチキンが、柔らかいバンズとよく合うなぁ。

「こっちもなまら～んま～！」

栞もパクリと食べると、もぐもぐしながら幸せそうな表情を浮かべた。

彼女が食べているラッキーエッグバーガーは目玉焼き、トマト、ハンバーグが挟まれた絶対的安心感のあるハンバーガーだ。

加えて、旅日記に栞《しおり》の父親もラッキーエッグバーガーを食べたと書いてあった。

「お父《とう》さんもこれを食べたんだよね？」

「らしいな。でもどうして一番人気を食べなかったんだろう」

「たぶん、それはお父さんが卵好きだからだよ！」

栞はとても楽しそうに語る。

そんな姿を見ていると、やっぱり彼女は父親のことが大好きなんだなと思った。

俺なんて、未《いま》だに父さんの好きなものとか知らんからな。

「……？」

ふと気づくと、栞がこっちのハンバーガーを物欲しそうに見ている。

そうだった。こいつは旅行中になるとビッグイーターになるんだった。

まったく、この妹は……。

「その……ちょっとだけ、ばくりっこするか？」

敢《あ》えてぎこちない北海道弁を使って訊《たず》ねると、

「うん！　ばくりっこする！」

栞は嬉《うれ》しそうに北海道弁で答えて頷《うなず》いた。

鎌倉《かまくら》で起きたクレープ事件みたいにならないように、俺と栞は互いのハンバーガーをナイフで切り分ける。

そうして、ばくりっこして食べたラッキーエッグバーガーは、なぜか自分で頼んだものよりとても美味《おい》しく感じた。

◇◇◇

「海人《かいと》くん、どうして路面電車ってチンチン電車って言うのかな」

昼食を食べたのち五稜郭《ごりようかく》近くにある電停駅——五稜郭公園前電停から市電に乗って移動していると、栞《しおり》が外の景色《けしき》を眺めながら訊《き》いてきた。

「運転手と車掌との合図に、紐《ひも》を引いて鐘を鳴らすんだよ。その音がチンチンって鳴るからチンチン電車っていうんだ……って、いきなりどうした？」

「じゃあさ、お父《とう》さんもこの音を聞いていたのかな？」

電車が揺れる音に混じりながら、路面電車の鐘の音が響く。

旅日記曰《いわ》く、栞の父親もこの電車に乗って移動していたらしい。

「聞いてただろうな」

「そっか……私、いま本当にお父さんと同じ旅をしているんだね」

栞は嬉《うれ》しいような、でもどこか寂しがっているような表情を浮かべていた。

やっと念願が叶《かな》ったんだ。彼女も色々想《おも》うところがあるのだろう。

「さて、そろそろ着くぞ」

「……わかった」

目的の電停――十字街《じゅうじがい》がアナウンスされて、俺と栞は降りる準備をする。

その時の栞は珍しくちょっとセンチメンタルだった。

「たしか次はお土産《みやげ》を買うんだよね？」

「えっ、まあそうだけど……」

「そうだよね！　じゃあ美味しいお土産いっぱい買っちゃうべさ！」

栞は快活な声で宣言する。えー前言撤回。やっぱりいつもの栞でした。

◇◇◇

市電を十字街で降りて、五分くらい歩くと三つ目の観光地に到着した。

「赤レンガって、本当に赤レンガなんだね～」

目の前にある赤レンガで造られた建物を眺めながら、栞は興味深そうに呟《つぶや》いた。

俺たちは函館《はこだて》の名所の一《ひと》つ――金森《かねもり》赤レンガ倉庫にやってきた。

ここはお土産店、レストラン、食料品店などの施設からなる大型複合施設であり、函館市内で一番の商業施設だ。

函館《はこだて》のお土産《みやげ》とかは赤レンガで買っておけば、とりあえず心配いらない。

「さて、父《とう》さんたちの分のお土産も買わないとな」

「そうだね。今までの旅行でまだ私たち一回もお土産を買えていないし」

日光《にっこう》、鎌倉《かまくら》の両方の旅行で、俺たちは父さんたちにお土産を買っていない。

理由は、二人《ふたり》に『お金がもったいない』と言われたから。『自分たちに使うくらいなら今後の旅費のために取っておけ』とも言われた。

正直、俺たちも函館旅行の旅費が心配だったので、ありがたく二人の言葉通りにした。

けれど目的だった函館にも来れているから、お金を出し渋る必要はもうないのだ。

「さっきも言ったけど、今日は沢山お土産を買おうね」

「そうだな。いいお土産を買おう」

二人でそんな会話を交わしつつ、俺たちは施設内へ。

赤レンガには大きく分けて4つのエリア——BAY《べイ》はこだて、金森洋物館《かねもりようぶつかん》、函館ヒストリープラザ、金森ホールがあり、お土産はBAYはこだてと金森洋物館のエリアで買える。

なので、まずはBAYはこだてにやってくると、

「どれもなまら美味《おい》しそう〜！」

栞《しおり》は陳列されているお土産を眺めながら、綺麗《きれい》な瞳を輝かせる。

彼女が捉えているのは、どれも食べものばかりだ。

「買ってすぐに食べるんじゃないぞ。これはお土産なんだから」

「そ、それくらいわかってるよ！　……たぶん」

「たぶん、って……」

こりゃ買ったお土産は俺が持っておいた方が良さそうだな。

「ねえ海人《かいと》くん、これはどうかかな？」

いつの間にか栞が手に持っていたのは、函館いかせんべいだった。

「北海道産のジャガイモと函館名物のいかを使用したいかせんべいだって！　良さそうっしょ？」

「確かにお土産っぽいけど……女子高生が最初に取るやつじゃないよなぁ」

「っ！　そ、そんなことないもん！　きっと女子高生にも大人気だよ！」

栞は必死に主張するが……さすがにそれはないだろ。

そう思っていると、彼女も察したようで、

「じゃあはい！　試食あるから食べてみてよ！　絶対に美味しいから！」

「いや、俺は美味しくないって話はしてなくてだな……」

「ほら！　食べてみて！」

栞は夢中で俺の口元にせんべいを押し付けてくる。

こいつ、自分が何をやってるのかわかってるのか。

　でも、わざわざ言うのも恥をかかせるみたいだしなぁ……。

「わかったって、食べるから」

　俺は栞《しおり》に押し付けられたいかせんべいを試食する。

　パリッとした食感の後、絶妙な塩味とイカの風味が口の中に広がる。

　いい感じの硬さで食べやすいし、これは美味《うま》い。

「どうかな？　美味《おい》しいっしょ？」

「そりゃ美味しいけど。そもそも俺は味には何も言ってなくて……」

　って、もういいや。引っ張るような話でもないし。

「いかせんべい、買うか」

「うん！　そうしよ、そうしよ！」

　俺が函館《はこだて》いかせんべいの箱を二《ふた》つ重ねて抱えると、栞がもう一箱みたいな視線を送ってくる。……しょうがないから、もう一箱だけ買っとくか。

「よし、これでまず一《ひと》つ目のお土産《みやげ》な」

　会計を済ませて、待たせている栞のところに行く。

　すると、何故《なぜ》か彼女の顔が上気していた。

「？　どうした？」

「っ！　べ、別にあーんくらいで動揺なんてしてないべさ……」

そう言って、琹は恥ずかしそうに顔を俯《うつむ》ける。

　気づくのが遅すぎるだろ……と思いつつ琹の前で平然としている俺だが、あーんされた時、ちゃんと鼓動が速くなっていたことは、琹には内緒だ。

「お土産、沢山買えたね！」

「おう、ちょっと買いすぎかもしれないけどな」

　場所は変わらず赤レンガの施設内。BAY《ベイ》はこだてと金森洋物館《かねもりようぶつかん》でお土産を十分買った
　俺たちは、そろそろ次の場所に移動しようと隣り合って歩いていた。

「琹、いよいよ次は函館山だぞ！」

「そうだね！　夜景、早く見たいな～！　どれくらい綺麗《きれい》なのかな？」

「百万ドルの夜景だからな。そりゃ腰抜かすくらい綺麗だろ」

　そうやって二人《ふたり》で話しながら歩いていく。段々当たり前のことになってきたけど、もし函館にも今まで通り一人《ひとり》で来ていたら、こんな風に誰かと話せていないんだよな。

「海人《かいと》くん？」

　色々と思っていると、琹が不思議そうにこっちを見てくる。

「なんでもないよ。それより早く函館山に――？」

何気なく視線を向けた先——そこには子供が一人《ひとり》でぽつんと立っていた。

年齢は小学校低学年くらいで、男の子だ。

……ひょっとして迷子か？

「おかあさんがまいごです～だれかおかあさんしりませんか～」

男の子がそんなことを言って、てくてくと歩く。……独特な迷子だな。

「栞《しおり》、ちょっと時間くれるか？」

「えっ……う、うん」

栞の許可をもらって、俺は男の子の下《もと》へ。

「おい少年。俺と一緒にお母《かあ》さんのこと探すか？」

「まいごのおかあさんをさがしてくれるの？」

きょとんと首を傾《かし》げる男の子。

「おう。だからここから俺たちは仲間な」

「なかま！　かっけ～！」

男の子はピカーン！と目を輝かせる。ちびっ子は本当に単純だなぁ。

「仲間の証《あか》しにほら、手を繋《つな》ごう！」

「へいよ！」

男の子が手を差し出してきて、その手を取ると俺は絶対に離さないように強く握る。

それから、とりあえず栞のところに戻った。

「悪い、この子迷子みたいだから母親探してもいいか？　時間にはまだ余裕あるし」

「いいに決まってるよ。でも海人《かいと》くんって、やっぱり子供とか助けちゃうんだね」

「やっぱりって、どういうことだよ」

「そのままの意味だよ。海人くんはやっぱり優しい人だなって」

子供と手を繋いでいる俺を見て、栞はニマニマしている。

すると、男の子が俺と栞をチラチラと交互に見て、

「もしかして、おねえちゃんはあにきのなかま？」

「えっ……そ、そうだね。私も彼のお仲間かな」

咄嗟《とっさ》の言葉に、栞は難なく対応する。さすが元若女将《わかおかみ》だ。

「そっか。じゃあおねえちゃんもこうだね」

男の子は栞の手を取った。

俺、男の子、栞の三人で並んで手を繋いでいて、なんか変な感じに……。

「ぼくたちはかぞくです！」

「っ!?　仲間な！　仲間!!」

「あ、そうだった。なかまです！」

男の子はやっちゃったみたいな表情をしたあと、言い直す。

この子供、とんでもない迷子だぞ。

それからチラッと栞《しおり》を見ると、彼女もこっちを見ていた。

栞は顔を真《ま》っ赤《か》に染めて、俺も顔がめちゃくちゃ熱くなる。

「じゃ、じゃあお母《かあ》さん探すか……」

「そ、そうだね……」

「よろしくたのむぜ、あにき～」

男の子が俺に向かってサムズアップしてきた。本当に独特な迷子だな……。

◇◇◇

迷子だった男の子を無事母親の下《もと》まで送り届けると、俺たちは函館《はこだて》の街を散策しながら函館山に向かっていた。結構時間を使ってしまったので、辺りはもう真っ暗だ。

夏至も近いけど、さすがにこの時間だからな。

……でも、函館山に登るロープウェイの営業時間が終わるまではまだ時間がある。

「面白い子供だったね～」

隣を歩いている栞がくすっと笑いながら言う。

「そうだな。あんな迷子初めて見た」

「でも別れる時、あの子全然海人《かいと》くんの手を離さなかったよね。きっと海人くんのこと大好きになっちゃったんだよ」

「好きになってくれたかはわからんけど、別れ際に〝あにき〜おれたちなかまだろ〜〟って言ってたな。まあ普通に嬉《うれ》しかった」

先ほどの少年の話をしながら、俺たちは函館の街を進む。

街中には人工的な光がぽつりぽつりとあって、この一つ《ひと》一つが函館山に登った時に美しい景色《けしき》を作ると思うと、自然とテンションが上がってくる。

「なあ栞、百万ドルの夜景、楽しみだな！」

俺はワクワクしながら話しかける。

……が、暫《しばら》くしても言葉が返ってこない。

気になって隣を見ると、いつの間にか栞が消えていた。

次に後ろ――そこにも彼女はいない。

「あいつ、どこに行ったんだ？」

周りを探しても栞が見当たらない。

すぐにスマホで電話をかける――だが、繋《つな》がらない。

そして以前、彼女が方向音痴だって言っていたことを思い出した。

「おいおい嘘《うそ》だろ……」

どうやら今度は栞《しおり》が迷子になってしまったらしい。

◆◆◆

「どうしよう……」

見覚えのない街並みの中、私は一人《ひとり》ぽつりと立っていた。

周りには全く人が見えないし、スマホの充電も切れている。

「完全に迷子になっちゃった……」

さっきまでは海人《かいと》くんと楽しくお話していたのに、途中で怪我《けが》している子猫を見つけて、保護しようとしたら逃げ出されてしまった。

そのまま追いかけて、気づいたら全く知らない場所にいた。

……でも子猫が怪我をしていなかったのが、不幸中の幸いかな。

見つけた時に出血していると思った猫は、手芸に使う赤い毛糸が沢山付いているだけだった。何はともあれ、怪我じゃなくてほっとした。

……さて、これからどうしよう。

来た道を引き返したいところだけど、猫を追いかけるのに必死だったから覚えていないし、そもそも私は方向音痴だから歩けばロクなことにならない気がする。

……ほんとにどうしよう。

「海人くん、怒ってるかなぁ……」

せっかく函館市《はこだてし》の中で一番の観光地の函館山に登るっていう時に、女子高生が迷子になっちゃったんだ。絶対に怒ってるよね……。

しかも、このままだとロープウェイの営業時間が終わってしまって、夜景が見られないかもしれない。

……私、ダメダメだな。

日光《にっこう》や鎌倉《かまくら》の時もそうだったけど、彼には迷惑をかけっぱなしだ。

だから、罰《ばち》が当たったのかな。

「百万ドルの夜景、見たかったなぁ……」

夜空を眺めながら、私は一人呟《つぶや》く。

お父《とう》さんの日記に書いてあった。今まで見た中で一番美しい夜景だって。

そんな夜景を見てお父さんは一体どんな気持ちになったんだろう。どんな風に感動したのだろう。それを心の底から知りたかった。

それにきっとお父さんが感動するほどの美しい夜景を海人くんと一緒に見れたら、絶対に楽しかったのに。

「海人《かいと》くん、ごめんなさい……」

涙で視界が歪《ゆが》む中、呟《つぶや》いた。

彼との最後の旅行がこんな風に終わっちゃうなんて……。


「ようやく見つけた」


絶望の中、不意に後ろから聞き覚えのある声が聞こえた。

私は驚いて振り返ると――。

「え、どうして……?」

そこには海人くんがいた。

◇◇◇

栞《しおり》とはぐれた後、とにかく通りすがりの人やお店の人とかに栞の特徴を言って、彼女がどこに行ったのか訊《き》き回った。

結果、どうやら栞は猫を追いかけていて迷子になってしまったみたいで、彼女が向かった方向を訊き出しつつ、ひたすら彼女を探した。

そうして一時間くらい経《た》って、ようやく栞を見つけた。

「方向音痴と聞いてたとはいえ、まさか本当に迷子になるなんてな」

「……ごめんなさい」

栞は肩を落として顔を俯《うつむ》けて謝罪する。

こりゃ相当落ち込んでいるみたいだ。

「まあ無事だったから良かったよ。それよりさっさと行くぞ」

「ううん、もう間に合わないよ」

栞の言葉を聞いて時間を確認する。確かに彼女が言った通り、今から向かっても函館山《はこだてやま》のロープウェイ営業時間の終わりに間に合わない。

「そっか、もうこんな時間だったか」

「……ごめんなさい」

「謝るなよ。迷子の子供を届けたりとか色々あったし、別にお前のせいじゃないって」

「……本当にごめんなさい」

栞は謝り続けたまま、顔を上げてくれない。

俺がどれだけ気にしていないって言っても、たぶん意味ないだろう。

それに函館山は彼女の父親の日記に書かれていた重要な場所だし、そこに行けなくなったショックも大きいのだと思う。

どうしたら栞《しおり》を励ましてあげられるんだ……。

その時だった。

周りに植えられている幾多もの木々が一斉にライトアップされた。

それだけじゃない、真っすぐに延びる一本道に植えられている木々も全て光り出して、夜景と相まって美しい光景が生まれる。

「ここって、八幡坂《はちまんざか》だったのか……」

どこか幻想的なイルミネーションを眺めて、俺は呟《つぶや》く。

八幡坂とは、函館山《はこだてやま》と並ぶビュースポットで夜にはこうしてライトアップされることで有名だ。

でも、本来なら八幡坂のイルミネーションは冬限定のイベントのはず。ふと近くの看板に気づいて目を向けると、夏のイルミネーションのイベントを検討中のため本日のみ試験的にイルミネーションを灯している、という内容が書かれていた。

……まるで奇跡だな。

「綺麗《きれい》……」

栞は顔を上げて、美しい光に染められた木々を眺めている。

少しは元気が出たように見える。……良かった。

「あのな栞《しおり》、確かに函館山《はこだてやま》には行けないかもしれないけど、お前のおかげでこんな綺麗な景色《けしき》を見ることができたぞ」

「えっ……そ、そんなことないよ……」

「そんなことあるんだよ。お前が俺をここに連れてきてくれたんだ」

「私が……？」

「そうだよ。だからさ、その……ありがとう」

いつも彼女が言ってくれているように、お礼を言う。

すると、栞は瞳から零《こぼ》れそうなものを堪《こら》えるようにしてから、目を逸《そ》らした。

「でも函館山は……」

「そんなの、いつかまたここに来ればいいだろ」

自分で言いながら気が付いた。その〝いつか〟はもう俺はいないんだって。

……けどまあ、しょうがないことだ。約束だからな。

「それでも私は海人《かいと》くんと一緒に夜景を見たかったよ……」

栞が悲しそうに呟《つぶや》く。

しかし、もうどうやっても函館山の営業時間には間に合わない。

だから、諦めるしか――。

「あにき〜」

遠くの方から、つい最近聞いたばかりの子供の声。

視線を向けると、赤レンガで迷子になっていた男の子が走行中の車の窓から手を振っていた。さらに彼を乗せた車は俺たちの傍《そば》まで来ると、ピタリと止まる。

「すいません。この子が止まってって聞かなくて」

車の窓が下がって、運転席に座っていた男の子の母親がそう言う。

「あにき〜こんなところでどうしたの？」

「えっ、その……なんというか……」

仲間が迷子になって、函館山に行けなくなったとは言えない。

「もしかして、あにきたちもはこだてやまにいくの？」

「俺たちもってことは、お前も行くのか？」

驚いて訊《き》き返すと、男の子はこくりと頷《うなず》いた。

「そうだぜ〜。あっ、よかったらいっしょにいこうぜよ〜」

「一緒にって……いいのか？」

「うん、おれのおかあさんがのせてってくれるって」

男の子はチラッと運転席を見る。

「こら、お母《かあ》さんそんなこと言ってないでしょ。……でも良いですよ。この子を助けてもらったお礼もできてなかったので」

「本当ですか！」

車ならまだ函館山《はこだてやま》の営業時間に間に合う。

これなら、念願の百万ドルの夜景が見れるぞ！

「栞《しおり》、聞いてたか？」

「う、うん……本当にいいのかな？」

栞が母親の方を見ると、彼女は優しく笑った。

嫌々というわけじゃないみたいだ。

「じゃ、じゃあ早速乗ってもいいですか？」

「はい、もちろんですよ」

母親が快く承諾してくれると、俺たちは車に乗って後部座席に座った。

「じゃあ、しゅっぱつしんこうこうこう～」

男の子の独特な合図で車が出発した

こいつ、本当に面白い子供だな。だけど、まじで助かった！

あとで、お土産《みやげ》を幾つか分けてあげないとな！

そうして俺たちは迷子だった男の子の母親の車で、急いで函館山に向かった。

◇◇◇

男の子の母親に送ってもらい、上りの営業時間が終了するギリギリでロープウェイに乗ることができた。

そうしてロープウェイが函館山まで到着して、俺たちはようやく函館山からの夜景を眺めることができた。

「なまら綺麗《きれい》……。これが百万ドルの夜景なんだ」

目の前に広がる景色《けしき》に、栞は透き通った瞳を輝かせて見惚《みと》れていた。

でも、そうなるのも無理はない。

俺だって今まで沢山旅行してきたけどこんな景色は見たことなかった。

暗闇の中、多種多様な光が函館の街を彩っており、人工の光がこうも美しくなるのかと素直に感動した。

さらには、その綺麗な光が連なって『ハート』という文字を作っている箇所があり、これは全国的に有名な話だけど、生で見るとやっぱり心が震えた。

狙って作られたわけでもないのに、そういう意味の文字になるのがとても素敵なことだと思えた。

「栞《しおり》、来れて良かったな」

「うん、もしこんな素敵な景色《けしき》を見ることができなかったら、帰ってすごく後悔していたと思う」

栞は嬉《うれ》しそうな声音でそう語った。

「お父《とう》さんも、きっとこんな風に感動したんだね……」

栞は感慨深げに言うと、少し泣きそうになっていた。

父親と過ごした日々を思い出しているのかもしれない。

……少しの間、一人《ひとり》にしてあげよう。

そう思って栞から離れようとすると、急に彼女が俺の前に立ってきた。

「海人《かいと》くん。せっかくだから一緒に写真を撮ろうよ」

「写真？　俺は撮らないって」

なんだよ、こっちは気遣ってやろうと思ったのに……。

「こんなに綺麗《きれい》な景色なのに、もったいないよ！」

「こんな綺麗な景色だからこそ、だろ。俺みたいな邪魔者が入ったらな――」

「海人くんは邪魔なんかじゃないよ！　だからほら、一緒に撮ろ！」

栞はバッグからデジカメを取り出そうとする。

しかし、なかなか出てこないのか、ずっとバッグの中を探していると――ドン！

「きゃっ！」


他の男性の観光客が栞に気づかず当たってしまう。

しかし、男性は当たったことにも気づかなかったのか、そのままスルー。

一方、栞は体勢を崩して倒れそうになって――。

「あぶねっ！」

地面に衝突してしまう前に、俺が体ごとキャッチした。

一気に距離が近くなる俺と栞。

視界は彼女の美しい顔でいっぱいになった。

「あ、ありがとう……」

「い、いや別に……」

恥ずかしすぎてすぐに離れたい気分だけど、まだ栞の体を支えているので、そういうわけにもいかない。

「か、海人くん、写真を撮ろ……？」

「お前、こんな時まで……」

どうして？　と訊《き》こうとしたら、その前に栞《しおり》が答えてくれる。

「私ね、最後に海人《かいと》くんと思い出を作りたいの。……ダメかな？」

栞は真剣な瞳でこちらを見つめて訊《たず》ねてきた。

彼女が言った通り、この函館《はこだて》旅行が俺と彼女の最後の旅行だ。

そして日光《にっこう》でも鎌倉《かまくら》でも二人《ふたり》で一緒に写っているどころか、俺が写っている写真すら一枚もない。……最後、か。

「一回だけだからな」

「いいの？　なまら嬉《うれ》しい！」

栞はニコッと笑った。

それから彼女は二人の写真を撮ってくれないか、と通りすがりの観光客に頼む。

観光客が快く引き受けてくれると、俺と栞は百万ドルの夜景をバックに二人並んだ。

「海人くん、笑って！」

「難しいこと言うな。旅先で誰かに写真撮ってもらうとか初めてなんだよ」

そんな会話を交わしているうちに、観光客がパシャリと写真を撮る。

一応、確認すると、栞は可愛《かわい》い笑顔で、対して俺はひどい有様だった。

これはとても完璧とは言えないな……。

「なまら良い写真だね！」

「最高の写真だよ！　これでようやく海人くんとの思い出ができたね！」

「そ、そうか……？」

「それは……まあそうだな」

俺はしょうもない言葉しか返せない。

函館山を下りたら、あとは旅館に泊まって、明日の朝に帰るだけ。

そんなことを考えたら、どうしてか良い言葉が出てこなかった。

「最後に海人くんとの思い出ができて、ほんとに良かったよ！」

琹は今日で一番嬉しそうな顔をしていた。

そんな彼女はなんだかとても幸せそうだ。

この旅行を終えたら、こんな表情も見れなくなるのか。


その時、思った。

これが琹との最後の旅行だ。

約束通りなら、今後二度と彼女と旅行をすることはないだろう。

——でも、果たして本当にそれでいいのだろうか。

◇◇◇

百万ドルの夜景を眺めたあと、俺たちは事前に予約しておいた旅館がある方面に向かうバスがなかったため行きと同じように男の子の母親の車に乗せてもらい函館《はこだて》市内の旅館まで送ってもらった。そうしてチェックインを済ませると、その時女将《おかみ》さんから大事な話があると言われて……。

「……まじか」

宿泊部屋に入ると、中は和室で畳の上には布団が二組並べられていた。

そう。本来は別々の部屋を予約していたはずなのに、旅館側のミスで俺と栞《しおり》が同じ部屋で泊まることになってしまったのだ。

おかげで宿泊料は全額無料にしてくれたけど……でもなぁ……。

「か、海人《かいと》くん。よ、よろしくお願いします」

栞が言葉を詰まらせながら、よろしくしてくる。

さすがに元若女将でも、この非常事態には対処できないみたいだ。

「と、とりあえず大浴場あるし、風呂でも入ってくるか」

「そ、そうだね」

俺と栞は二人《ふたり》して緊張しまくる。当然だ。普段はだいたい家に二人きりとはいえ、お互い自分の部屋があるし、いつも一緒にいるリビングはこの部屋よりもう少し広い。

でも、こんな旅館の部屋で二人《ふたり》きりなんて……落ち着かなくてしょうがない。

「お、お風呂に入るなら先に着替えを出さなくちゃね！」

急に栞《しおり》はスーツケースから着替えの下着を出そうとして——って、おいおい!?　なにやってんの!?

「栞、落ち着けって！　俺もいるから！」

「っ！　そ、そうだった！」

「じゃ、じゃあ俺もう先に行くな。着替え持ったし」

「う、うん！　行ってらっしゃい！」

栞は顔を真《ま》っ赤《か》にしながら、手を振ってくれる。

恥ずかしがってるくせに、可愛《かわい》いかよ……。


入浴と晩御飯を済ませたあと夜が更けて就寝時間になり、俺たちは各々《おのおの》布団に入った。

ちなみに、並べられていた布団は少し距離を離した。

ぴったりだと色々と問題があるし、隣が気になって絶対に寝れない。

「海人《かいと》くん、寝てる？」

「……寝てる」

「それは寝てないよね」

栞から綺麗《きれい》なツッコミをもらった。

そっちが訊《き》いてきたくせに……。

「どうしたんだよ？」

「いや、その……改めて海人くんにお礼を言いたくて」

「お礼……？」

訊き返すと、栞は「うん」と言葉を返した。

「海人くんのおかげで、私はお父《とう》さんの日記に書いてあった函館《はこだて》に来れたから。ほんとに君には感謝しても感謝しきれないよ」

「別に俺のおかげじゃないだろ。栞が来たいって思ったからこうして来れたんだ。全部お前自身のおかげだよ」

「ううん、そんなことない。きっと海人くんがいなかったら、私はずっとお父さんの日記に書かれた場所になんて行けなかったし、たとえ行くことができたとしても、大失敗して終わりだったよ」

栞は自嘲《じちよう》するように話す。

この時なんとなくだけど、彼女の様子が少しおかしい気がした。

でも、彼女ははっきりと聞こえる声でこう言ってくれた。

「海人《かいと》くん、君のおかげで本当に全部楽しい旅行になったよ！　ありがとう！」

「栞《しおり》、お前……」

栞の言葉を聞いて嬉《うれ》しく思うと同時に、正直少し寂しさを感じてしまった。

彼女の頼みを引き受けた時、まさかこんな気持ちになるなんて思いもよらなかった。

それに栞と何度も旅行に行くうちに、段々と思うようになったんだ。

一人《ひとり》じゃなくて誰かと一緒に旅するのも、楽しいのかもしれないって……。

そして――気づいたら、俺はいつの間にか口を開いていた。

「なあもし良かったら、また俺と――」


「だからね、約束通り私はもう絶対に海人くんとは旅行に行かないよ」


栞は俺の言葉を遮って断言する。

「絶対って、急にどうしたんだよ……」

「だって元々そういう約束だったでしょ。それにね――」

冷静に返す栞。

続けて、彼女は衝撃の言葉を口にする。

「君、自分のお母様《かあさま》のために一人で旅行しているんだよね？」

「そ、それは……」

どうして知っているんだ？　と思いつつ、焦って言葉に詰まる。

そんな俺に、栞はトドメを刺すようにもう一度言った。

「だから、私はもう絶対に海人くんと旅行には行かない」

その後、俺と栞は一晩過ごしてからチェックアウトを済ませると、行きと同じように函《はこ》館《だて》空港から羽田《はねだ》空港まで飛行機で移動して、そこから電車とバスで帰宅した。

帰り道、俺と栞は最低限の会話だけ交わした。

でも、函館の思い出は一切話さなかった。

HAKODATE MAP

Traveler's Companion
旅のしおり

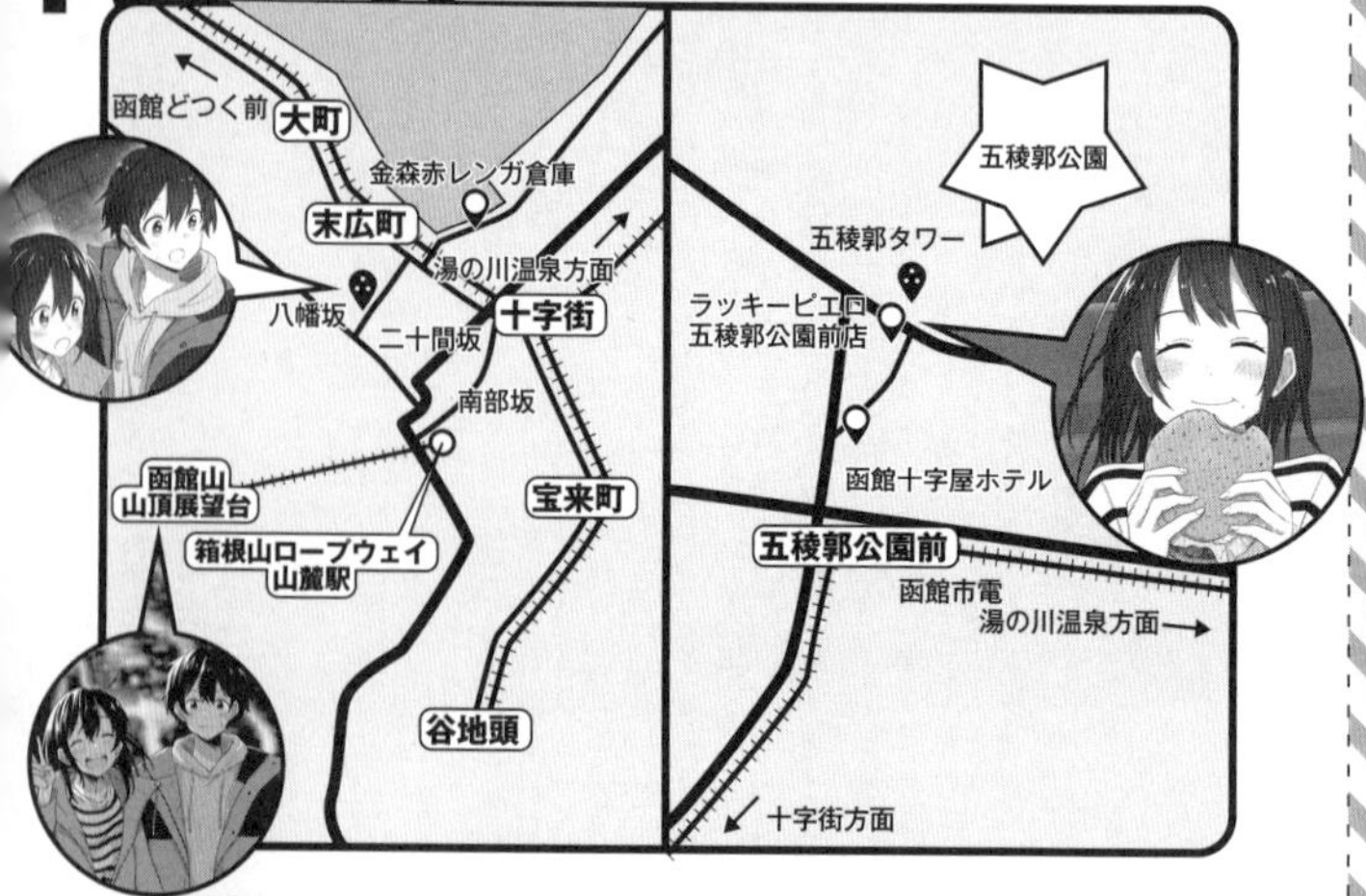

他にも日本では兵庫県神戸市と、
長崎県長崎市の夜景が有名なんだ

や、夜景やねん！　や、夜景ばい！

なまら適当すぎる！

〇エピローグ

「海人《かいと》さん、どうかしたのですか？」

とある休日。晩御飯の前に俺がリビングのソファに座りながら次の旅行の計画を立てていると、民宿から戻ってきた京香《きょうか》さんが隣に座ってきた。

「いえ、どうもしてませんよ」

「そんなわけありません。ここ最近、栞《しおり》と全然話してないので」

「うっ……別にどうもしてません」

「旅行もぱったりと行かなくなってしまったし……」

「それでもどうもしてませんよ……」

そう言っても、京香さんは疑うようにじーっと見てくる。

逃げれない……。

「わかりました。話します」

京香さんには知る権利があると思って、俺は事情を説明した。

俺が一人《ひとり》旅をしていた理由の一《ひと》つが、母《かあ》さんとの約束を果たすためだったこと。

そして、それが栞《しおり》にバレてしまったこと。

「……そうだったのですね」

京香《きょうか》さんは呟《つぶや》くように言って、悲しそうな表情を浮かべる。

「でもまあ、バレてしまったものはしょうがないですよ。これからはまた一人《ひとり》で旅行しますから」

「ですが、私は海人《かいと》さんと栞にはまた一緒に旅行に行ってもらいたいです。栞はね、二人《ふたり》きりになるといつも私に海人さんの話ばかりするのですよ」

「えっ、そうなんですか？」

こくりと頷《うなず》く京香さん。

「それはもう、とても楽しそうに話しますよ」

「……そうですか」

でも、栞は俺と旅行することは望んでいない。

それに俺にだって母《かあ》さんとの約束があるのは本当のことだ。彼女とこのままずっと旅行していたら母さんとの約束は果たせない。

「おー、なんだなんだ。そんなしけたツラして我が息子よ」

不意にテンションアゲアゲの父《とう》さんが部屋に入ってきた。

空気読めないやつだなぁ……。

「武志《たけし》さん、実はですね――」

「京香さん？　まさか親父《おやじ》に言ったりしないですよね？」

そう言ったのに、京香さんは全て話して俺のことを相談してしまった。

いやいや、父さんに言ってもロクな答え返ってこないって。最悪からかわれて終わりもある。そう思っていたら――。

「悪い、海人。それ栞ちゃんに言ったの俺だわ」

「……まじ？」

「まじまじ、まじですまん」

父さんが珍しく真剣に謝ってきた。

なんで言ったんだよ、とは思ったけど一応反省しているみたいだし……許してやるか。

その後、父さんは表情を変えず、俺の隣に座る。

……あれ？　京香さんがいつの間にか消えたぞ。

気を遣って、二人きりにしてくれたのだろうか。

「それで海人。俺のせいで栞ちゃんと旅行に行けなくなったのは、まじですまん」

「もういいよ。気にしてないし」

「嘘《うそ》つくなよ。ここ数日のお前、元気ないのが丸わかりだぞ」

「っ！　う、うるさいな……」

図星をつかれて、俺は幼稚な言葉を返すことしかできない。

さすが十六年も一緒にいる父親だ。誤魔化《ごまか》せないか。

「俺のせいでこうなっておいてあれだが、海人《かいと》も自分の気持ちに嘘《うそ》をつかずに、栞《しおり》ちゃんに一緒に旅行に行きたいって言ってみたらどうだ？」

「別に栞と旅行に行きたいとか思ってないって。俺には母《かあ》さんとの約束があるからな」

家族みんなで――俺、母さん、父《とう》さんの三人みんなで旅行に行く。

日本中に旅行に行く。

それが俺と母さんで交わした約束だ。

「バカだなぁ、お前。その約束、栞ちゃんと果たせばいいじゃねーか」

「は？　そんなことできるわけないだろ。栞は、その……約束とは関係ないんだから」

「いいや、関係あるね」

「関係ないだろ。だって栞は――」

「栞ちゃんはもう〝家族〟だろ？」

父さんは躊躇《ちゅうちょ》なくはっきりとした声で、そう言った。

彼がたったいま口に出した〝家族〟という言葉は、いまの家族に加えて、きっと母さんのことも含めている。

「栞が家族だってことはわかってるよ。でもあいつは……母さんとは家族じゃないだろ」

「母さんとも家族だよ。母さんがいたら絶対にそう言う。それは俺が一番よく知ってる」

父さんが話している間、俺は黙ることしかできなかった。

だって、父さんの言葉を否定できないから。

母さんなら、栞ちゃんも家族だよって、優しい笑顔で言うだろうなと思ってしまった。

「海人さん、少しこれを見てくれませんか？」

すると、不意に消えていた京香《きょうか》さんが現れた。

彼女は一冊の本を手に持っている。

「それって、俺のバイト先にある旅行者用の日記じゃないですか」

「はい。実はこれ、栞の物なのです」

「えっ、栞の……？」

こんなもの、いつの間に買ったんだ？

あれから新しく旅行グッズなんて買いに行ってないし、そもそも栞にはお金はなるべく旅費に残しておいてって言ってたから、一人《ひとり》で旅行に必要な何かを買ったりもしてないはずだ。……あっ、ひょっとして初めに俺と旅行グッズを買いに行った時か。

あの時、俺に隠して何か買ってたもんな。でも、それが旅日記……？

「海人さんとの旅行から帰ってきては、海人さんがいない時に楽しそうに日記を書いていました。本当は栞《しおり》から口止めをされているのですが……海人さん、これを読んでもらえませんか？」

「は、はい……」

京香《きょうか》さんにお願いされて、俺は旅日記を受け取る。

日記を開いてみると、そこには日光《にっこう》旅行、鎌倉《かまくら》旅行、函館《はこだて》旅行、今までの旅行での出来事と旅行をした栞の気持ちが書かれていた。

しかし、函館旅行の部分は途中で途切れていて、ページが少し濡《ぬ》れた跡もあった。

……これって、涙なのか？

内容を読んでいくと、栞は少なくとも日光旅行と鎌倉旅行は満足してくれたみたい。

函館旅行も文章は途切れているけど、一緒に撮った写真が貼られていて楽しかったと書かれている。

正直、それを知って——とても嬉《うれ》しくなった。

これは一人《ひとり》旅では、絶対に得られない気持ちだ。

「っ！」

その時、日記に書かれているある言葉が目に留まった。

『本当はもっと海人くんと一緒に旅行がしたいよ』

鎌倉旅行のページの最後に書かれていた。

そっか。函館旅行では色々言ってたけど、これが栞の本心だったんだ……。

そのことを知ると、無性にじっとしていられなくなってきた。

「……ちょっと出かけてくるわ」

「おうよ、行ってこい」

「行ってらっしゃい、海人さん」

俺が旅日記を持ったままソファから立ち上がると、何かを察した二人《ふたり》が優しく送りだしてくれる。そんな二人にありがとう、と軽く手を振りつつ、俺は一人で家を出た。

すぐにでも栞に会って、伝えたいことがあるから。

しかし、玄関を出た瞬間、スマホに電話がかかってきて、

「海人くん、助けて！」

それは栞の声だった。

◇◇◇

「栞《しおり》！　どうした！」

栞からの電話を受けて、俺は近所の公園に走った。

場所は、彼女自身が伝えてくれた。

「か、海人《かいと》くん！　こっち！」

栞の声が聞こえて、俺は急ぐ。

もしかして大ケガでもしたのか？　それとも誰かに襲われている最中とか？

色んな不安が頭を支配する中、ようやく栞の姿が見えて――。

「なんだこれ……」

視界に入って来たのは、栞が五匹くらいの猫とじゃれ合っている、なんとも平和な光景だった。

「た、助けて～」

栞は涙目で地面に倒れている。どうやらじゃれ合ってるみたいではなさそうだけど、ぶっちゃけ心配して損した。

「か、海人くん～」

「わ、わかったって。いま助けるから」

猫を一匹ずつ持ち上げてどけると、みんなどこかに行ってしまった。

よし、これで大丈夫だな。

「あ、ありがとう。海人くん」

「別にいいけど、どうしてあんなことに？」

「そ、その……猫が可愛《かわい》くて、頭撫《な》でたりしてたら何匹も集まってきちゃって」

「すげぇな……」

撫でただけでそんな寄ってくるのか。これも元若女将《わかおかみ》の力だろうか。

って、感心してる場合じゃなくて、俺にはやることがあるだろ。

「じゃ、じゃあ私はそろそろ帰るね」

気まずくなったのか、栞はそそくさと逃げようとする。

「ちょ、ちょっと待ってくれ！　実は栞に話があるんだ！」

「え……お、お話？」

「そうだ。だからその……少しいいか？」

切実に頼むと、栞は少し迷ってから、頷《うなず》いてくれた。

俺たちは公園のベンチに少し距離を空けて座る。

彼女はどこか緊張しているみたいだった。ちなみに俺も緊張している。

一《ひと》つ深呼吸をしたあと、俺は話し始めた。

「俺さ、お前の日記読んだよ」

「っ！　そ、それほんとなの……？」

栞《しおり》が恥ずかしそうに訊《たず》ねてくると、俺はしっかりと首を縦に振った。

「海人《かいと》くんって勝手に他人の日記見るの得意なんだね。お父《とう》さんの日記もそうだったし」

「うっ……そう言われると返す言葉がない」

栞の言葉に、俺はそんなことしか言えない。

「でも、どうして日記のことを俺に隠してたんだ？」

「それは……函館《はこだて》旅行までのことを日記に書き終えたら、海人くんと一緒に見ようって思ってたから。けど、私のせいで函館旅行が終わってから海人くんと気まずくなっちゃったし、そもそも海人くんに見せられないくらい恥ずかしいこと書いちゃったし……」

栞は話していくうちに、段々と声のトーンが暗くなっていく。

恥ずかしいことっていうのは、もっと俺と一緒に旅行に行きたいって書いたことだろう。

だけど、あれが栞の本心なんだよな。

「栞はさ、この前、俺と絶対に旅行に行かないって言ったよな？」

「う、うん……。だって海人くんにはお母様《かあさま》との約束があるでしょ」

「確かにそうだ。でもな――」

栞との旅行を経て、栞の旅日記を読んで、ずっとモヤモヤしていた自分の気持ちがやっとはっきりとしたんだ。

だから、俺はいま抱いているこの気持ちを目の前の彼女に伝えたい。

そう決意した俺は、ぎゅっと両手を強く握りしめて——言った。


「俺はこれからも栞と旅行に行きたい！」


自分でも驚くくらいの大きな声だった。たぶんご近所さんにも聞こえているだろう。

でも、だからこそ栞にははっきりと伝わったんじゃないかなと思う。

すると、栞は心の底からびっくりした様子で、

「そ、そんなのダメだよ。お母様との約束はどうなるの？　私だってお父さんのこともあるし、君とお母様の約束がどれくらい大切かわかっているんだから！」

「まあそうだな。俺と母《かあ》さんの約束はとても大切だ」

「で、でしょ？　だったら——」

「それでも俺は栞と旅行に行きたい。お前がそう思わせてくれたんだよ」

栞の言葉を遮るように言うと、続けて俺は話した。

俺は今でも一人《ひとり》旅が好きだ。すごく好きだ。それは変わらない。

でも！　栞《しおり》と旅行をしているうちに、誰かと一緒に観光地を巡ったり、旅行の思い出を話したり、ちょっとトラブルに巻き込まれたり。

旅先での出来事を誰かと共有することは、一人《ひとり》旅と同じくらい、いやひょっとしたらそれ以上にとても楽しいことなんだと気づいた。

いや、栞が気づかせてくれたんだ。

「だから、俺はこれからも栞と一緒に旅行に行きたいと思ってる！」

栞の心に届くように、本気で伝えた。

「そ、それでもお母様《かあさま》との約束があって……それに私はすごく邪魔だよ」

「邪魔なんかじゃない」

俺はきっぱりと言うと、続けて話す。

「だって、栞はもうとっくに俺と家族なんだから」

「っ！　か、海人《かいと》くん……！」

栞は驚いているけど、俺は父《とう》さんたちが籍を入れて、栞と一緒に暮らし始めてからずっと彼女のことは家族だと思っている。

登別《のぼりべつ》で一回話して気が合ったからか、それとも旅行に関心がある者同士だったからか。

自宅で彼女と二人《ふたり》きりでも、女子と二人だけという状況に慣れてなくて少し気まずく思うことはあっても、不快に感じることは一切なかった。

会話がない時間ができても、居心地《いごこち》は悪くなくて常に自然に過ごせた。

だから不思議と、最初から栞のことは家族だと受け入れられたんだ。

「で、でも、お母様とは……」

「母《かあ》さんもお前のことを家族だって言うよ。母さんってそういう人なんだ」

逆にここで俺が、栞は母さんと家族じゃないって言ったら、きっと母さんに叱られる。

「だからさ、これからも俺と一緒に旅行に行ってくれないか？」

俺がもう一度、真剣に気持ちを伝える。

「……しいべさ」

それを聞いた栞が何かを呟《つぶや》いた。

でも、声が小さすぎて何を言っているか聞こえない。

「す、すまん。栞、もう一回言って――」


「なまら嬉《うれ》しいべさ!!」


そう言って喜ぶ栞は、澄んだ瞳から綺麗《きれい》な涙を流していた。

「嬉しいに決まってるべさ！　だって海人くんとの旅行は本当に楽しくて、私の方が君と旅行に行きたかったんだから！」

「っ！　そ、そっか。ありがとな……」

俺は照れくさくなって目を逸《そ》らしてしまう。

旅日記で知ってはいたけど、まさかここまで楽しいと思ってくれていたなんて。

「ねえ海人《かいと》くん！　今度はどんな旅行に行くの？」

「もう次の旅行の話かよ。とりあえず旅費を貯《た》めないとな」

「そうだね！　一緒にアルバイト頑張ろう！」

栞《しおり》がガッツポーズをすると、俺もつられてしてしまう。

普通に恥ずかしいな、これ。

「じゃあさ海人くん、次からの旅行は函館《はこだて》の時みたいにずっと一緒に旅行するってことだよね！」

「いいや。そこは今まで通り、栞はあくまでも俺の旅行に付いてくるって形は変えない。お前がよく言っている『二人一人旅《ふたりひとりたび》』のままだよ」

「なして!?　だっていま海人くんは私と旅行に行きたいって言ったよ!?」

「それはそれ。これはこれだ」

言うと、栞はぷくっと頬《ほお》を膨らませる。そんな顔しても、折れるつもりはないぞ。

もしここで簡単に栞と一緒に旅行することを許したら、彼女と一緒に行く旅行が一人旅より上回っていると認めてしまうことになる。それはダメだ。

俺の中では、まだ一人旅が一番いい旅行だからな。

「いいよ、もう。いつか海人くんに旅行中はずっと傍《そば》にいてくださいって言わせてみせるから」

「そんな日は来ないと思うけどなぁ」

「来るよ！　それでね、函館の時みたいにずっと二人一緒に旅をする——二人で一人みたいな旅をすることを『二人一人旅』にするの！」

栞は透き通った瞳でこちらを見つめて、はっきりと宣言した。

要するに、いつか彼女は『二人一人旅』の意味を変えたいってことか。

「そ、そっか。その、どう返したらいいかわからないけど……まあ頑張れ」

「うん！　頑張るよ！　絶対に君を落としてみせるからね！」

栞はいたずらっぽい笑みを浮かべる。そんな彼女を見て、俺の心拍数が跳ね上がった。

素直にすごく可愛《かわい》いと思ってしまったんだ。

「海人くん！　早速帰って、次どこに行くか決めようよ！」

「あのな、さっきも言ったろ。まず旅費を貯めないとって」

「行く場所くらい先に決めたっていいでしょ？　それくらい海人くんとの旅行が楽しみなんだよ！」

「っ！　わ、わかったよ……」

急に楽しみとか言うなよ。普通に嬉《うれ》しくて困る。

それから俺たちは二人《ふたり》並んで一緒に帰っていく。

隣で栞《しおり》は楽しそうに笑っていて、そんな彼女を見ていたら俺も自然と笑ってしまった。

こうして俺たちは、これからも『二人一人《ひとり》旅』をすることになった。

ひょっとしたら『二人一人旅』をするたびに、この言葉の意味が少しずつ変わっていくのかもしれない。

まあその辺はまだわからないけど、これだけは確実に言える。

この先もずっと栞との『二人一人旅』は、絶対に楽しいって。

——さて、次はどこに旅に出ようか。

『あとがき』

初めまして。以前から私の作品を読んで下さっていた方はお久しぶりです。三月《みつき》みどりです。

今回は同い年の妹とのまったり旅行ラブコメでしたが、いかがでしたでしょうか。

個人的には、道産子《どさんこ》ヒロインと百万ドルの夜景を物語に出すことができて、とても嬉しいです。

ちなみに私の好きな北海道弁は『〜しょ？』ですね。『しょ』にも色々あるのですが疑問形の『〜しょ？』が私は一番好きです。私は道産子なのですが、聞き慣れていても異性からこうやって訊《き》かれると、割とドキッとします。

あと道産子は全員、クマ牧場のＣＭソングをフルに歌えるように英才教育されています。試しに道産子のお友達に歌ってみてと言ってください。きっと完璧に歌ってくれますよ。

私は函館《はこだて》には何回か行っていて、最初に行ったのは小学校の修学旅行の時だったのですが、初めて百万ドルの夜景を見た時の感動は未《いま》だに忘れられません。

本当に綺麗《きれい》ですので、機会があったら是非見に行ってみてください。

また今作の旅行ルートは実際に使えますので、こちらも機会があったら今作を読みながら今作に出てきた観光地を巡っていくとかも、良いかもしれませんね。

では、最後となりますが謝辞を述べさせていただきたいと思います。

Ｃｈｉｎｏｚｏ様、アルセチカ様。素敵なコメントありがとうございます！　初めてコメントを見た時は嬉《うれ》しすぎてニヤニヤしてしまいました！

さけハラス様。可愛《かわい》くて且つ美しすぎるイラストありがとうございます！　どれも素敵すぎて、特に百万ドルの夜景はなまら最高でした！　本当にありがとうございます！

担当編集のＳ様。執筆中に沢山助けていただきありがとうございました！　また表紙を横の絵にするアイデアだったりタイトルだったり、物語の内容以外の部分でも助けていただきました！

Ｓ様のおかげで今作のクオリティは何倍も良くなったと思っております。

出版に関わっていただいた全ての皆様、そしてなにより、今作を手に取って下さった読者様に心から感謝を述べたいと思います。本当にありがとうございました。

それではまたどこかでお会いできる機会があることを心から願って——。

MF文庫J

同い年の妹と、二人一人旅

2022年6月25日　初版発行

著者　三月みどり
発行者　青柳昌行
発行　株式会社 KADOKAWA
〒102-8177 東京都千代田区富士見2-13-3
0570-002-301（ナビダイヤル）

印刷　株式会社広済堂ネクスト
製本　株式会社広済堂ネクスト

Printed in Japan　ISBN 978-4-04-681410-4 C0193

◇◇◇

この小説はフィクションであり、実在の人物・団体・地名等とは一切関係ありません

【ファンレター、作品のご感想をお待ちしています】
〒102-0071 東京都千代田区富士見2-13-12
株式会社KADOKAWA　MF文庫J編集部気付「三月みどり先生」係「さけハラス先生」係